人狼ゲーム

INFERNO《インフェルノ》

安道やすみち・川上 亮

竹書房文庫

Contents

目次

Werewolf Game

【人狼ゲーム】とは？

ヨーロッパ発祥の伝統的パーティゲームとその亜種の総称。
日本では「汝は人狼なりや？」という名前でも普及している。

①村の中には村人に扮した人狼が混ざっている。
②人狼は夜になると一人ずつ村人を殺す。
③昼は全員で相談し、人狼だと思う相手を多数決で一人選び、処刑する。
④人狼を全滅させた場合、村人側の勝利。村人側の人数が人狼以下になった場合、人狼側の勝利。
狂人は村人側としてカウントされますが、人狼側が勝利した場合に勝利。

人狼 Werewolf……毎晩、ひとりを選んで襲撃する。
村人 Villager……特別な能力はない。人狼の全滅を目指す。
予言者 Prophet……村人側。毎晩、ひとりを選ぶ。その相手が人狼か否かがわかる。
用心棒 Bouncer……村人側。毎晩、ひとりを選ぶ。その相手が人狼に襲撃された場合、守れる。
霊媒師 Medium……村人側。毎晩、直前に処刑された者が人狼か否かがわかる。
狂人 Madness……特別な能力はない。村人としてカウントされるが、人狼が勝利した場合に勝利となる。

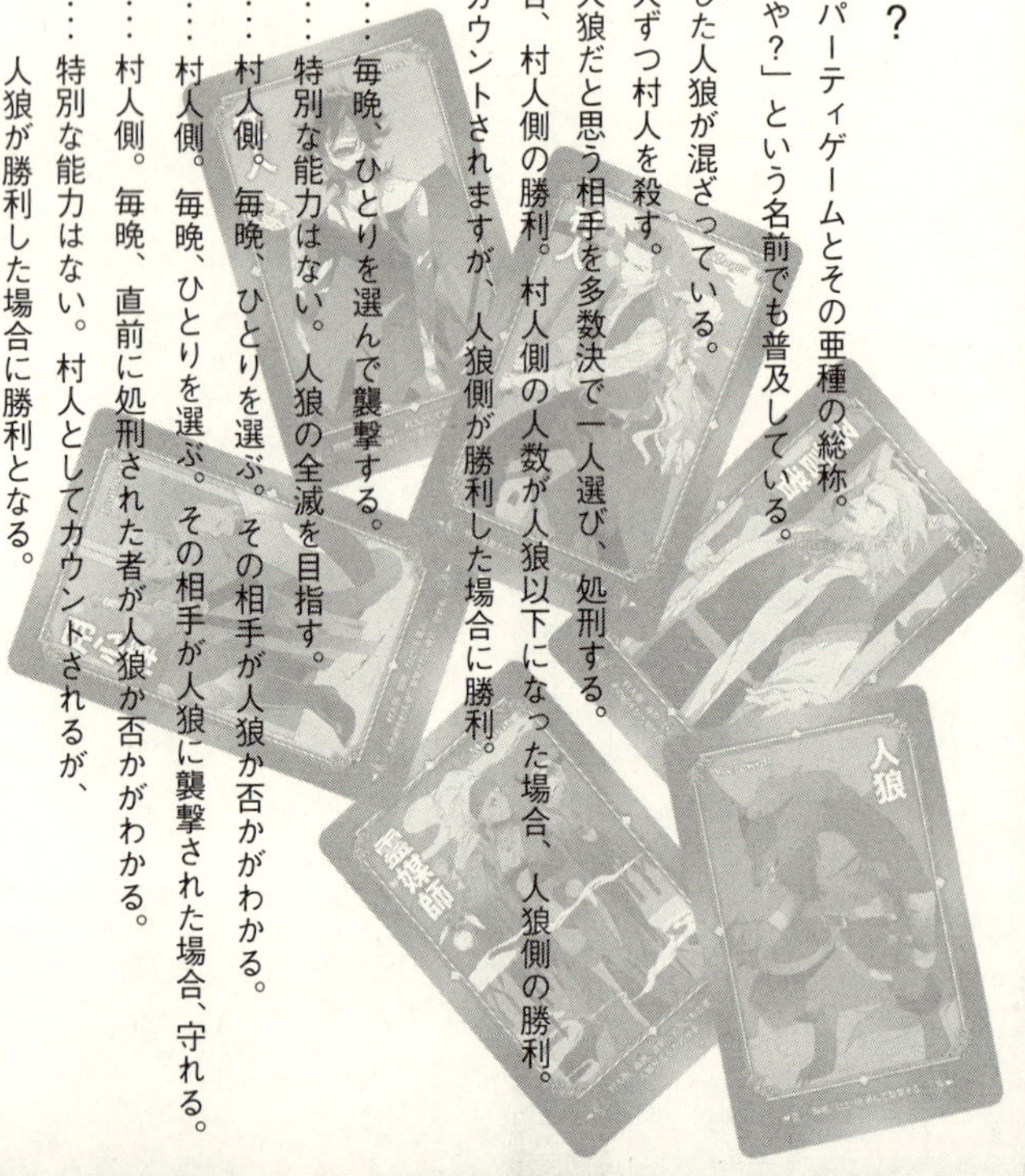

人狼ゲーム
INFERNO

プロローグ

∀‡A

人は、葛藤する。
それは同時に叶《かな》えたい、たくさんの願いがあるからだ。
例えば思い人に告白したい少女がいたとする。
少女は今すぐに自分の思いを伝え、あわよくば付き合いたいと考えている。
けれど、相手には決まった人がおり、告白をすれば相手を困らせてしまう。
だからと言って、告白を避けるために距離を取れば寂しくてしかたない。
相手を困らせたくないが、寂しいのも嫌だ。
そのとき、どんな選択をすれば正解なのだろうか?
人は葛藤する。
しかし、告白での葛藤など可愛らしいものだ。
野々山紘美《ののやまひろみ》にも願いがあった。

生きていたい。
殺したくない。
正しくありたい。
日常生活ならば、比較的たやすく叶う些細《ささい》な願いだ。
だが、殺さなければ生きられない。
生きたければ殺すしかない。
殺すならば正しくいられない。
しかし、自ら死を選択することも正しいとは思えない。
苦悩の果て、恐怖の果て、紘美は葛藤をやめた。
正しさを捨て、生きるために殺す。
それが答えだった。
殺す相手が憎ければ、少しは救われただろう。
けれど、殺す相手は全員、クラスメイトだった。
同じ理不尽が突きつけられたなら、多くの人は、自分と違う答えを導き出すだろうか?
この白い壁に囲まれた部屋——どこかの会議室のような部屋はまさに実験場なのだ。
中央には円形に並べられた四つ足の黒い椅子。
数は一〇脚。

床に倒れている者、その黒い椅子に体を預けている者、四つん這いで絶叫する者……

そして、固唾を飲んで様子を見ている野々山紘美を合わせれば、この場にいる人数も一〇だった。

「あああああぁぁぁあっ！　なんで、なんでえぇっ！」

四つん這いだった向亜利沙《むかいありさ》が立ち上がる。ゴスロリ服のスカートを翻《ひるがえ》し、黒い椅子を蹴飛ばした。次の椅子は摑《つか》んで持ち上げ、床に投げつける。

紘美は思わず身を引きつらせた。

いや、驚いている場合ではない。暴走を止めなければ、彼女の命が危ない。

「亜利沙、ルール！」

――建物、備品、他人を傷つけてはいけません。

大声で注意するが、返ってきたのは憎しみに満ちた目と「うるさい！」の一言。

話を聞かないのならば無理やり止めるしかない。

紘美は亜利沙の小さな肩を抑えるが振り払われる。

彼女が暴れる理由はわかっていた。

亜利沙の思い人である水谷和希《みずたにかずき》が、この実験場にいるせいだ。

制服姿で床に横たわっていた彼は、華奢《きゃしゃ》な体を起こし立ち上がる。

柔和な……良く言えば優しそうな、悪く言えば弱々しい笑顔を浮かべながら、椅子に座っている思い人――浅見《あさみ》ルナの元へ歩み寄った。

彼女もいつの間にか目覚めていたらしい。

ただただ、呆然《ぼうぜん》としている。

「……浅見さん？」

近づくにつれ水谷は表情を曇らせた。

無理もない。

ルナの青みがかった黒髪には油が浮いており、着ているワンピースには汚れが目立っている。

それに、彼女はいつも表情が薄い。その顔が今は明らかに引きつっているのだ。

水谷が『なにかあった』と思うには充分だ。

一方でルナの心境を紘美は痛いほど理解できる。

ルナも紘美、亜利沙同様、殺人ゲームの生き残り。

何人もの死者を出して勝ち残り、生きて日常へ帰れると思った。

それなのに目覚めると再び殺人ゲームに放りこまれている。

平静でいられるはずがない。

「嘘《うそ》……」

乾いて切れ目の入った唇から洩《も》れた言葉を聞いて、紘美は思わず俯《うつむ》いた。

嘘であれば、どれだけ嬉しかったことか。

「う、うぅ……？」

後ろで呻《うめ》き声が聞こえた。

振り返ると辻遊馬《つじゆうま》が逞《たくま》しい体を起こしているところだった。

「なんだこりゃ……？」

その隣には、また別の少年が胡坐《あぐら》をかいていた。

茶色い芝生を頭に乗せたような髪型は間違いない、越智一二三《おちひふみ》だ。

「……野々山と向。浅見もいるじゃねーか」

また、クラスメイト。

前回と同じように、参加者はクラスメイトで揃《そろ》えられている。

頭の中で鐘が鳴った。

その鐘を鳴らしているハンマーが、直に頭を叩《たた》いているようだ。酷い頭痛がする。

ルナも同じような痛みを覚えているだろうか？

再び彼女を見ると、水谷が手をそっと差し伸べようとしているところだった。

「よかった……」

水谷の安堵《あんど》した声。

なにがよかった？

こんな悲惨な状況で。

これから殺し合いが始まるというのに！

いや、水谷はルナのことが好きだった。熱烈なメッセージを書いて告白したこともある。

それに、彼からしてみればルナはずっと安否も知れぬ行方不明だったはずだ。

会えて無事が確認できただけでも良いことなのだろう。

彼の指がルナの白い肌に触れようとする。

それを許さなかったのは亜利沙だ。

「ぎぃあああぁぁぁあああぁぁぁっ！」

奇声を上げてルナへ飛びかかる。

激しくぶつかった勢いそのままに、ルナを押し倒した。

「浅見さん！」

水谷は顔色を青くした。

紘美の肌は粟立《あわだ》った。

「だめって！」

他人に危害を加えればルール違反だ。

急いで亜利沙を止めに向かう。

——キュイイィィ……

亜利沙の首にある、手錠のような鉄の輪から甲高いモーター音が聞こえ始めた。

「がっ！　ぐっ！」

首輪が締まって、今まさに亜利沙の息の根を止めようとしているのだ。

「ほらっ！」

言わないことではない。

悶《もだ》える亜利沙の小さな体を抱きしめ、これ以上ルナに危害を加えないように引き離した。

抵抗してきたが彼女の力は弱い。大人しくさせるのは簡単だった。

次第にモーター音が小さくなり、首輪が緩んだように見えた。

亜利沙はぐったりしている。興奮したところで首が絞まったため、酸欠にでもなったのだろう。

一応、生きている。

安堵すると同時に、やりきれない気持ちが膨れ上がり涙がこみあげてきた。

やはり、殺人ゲームは続いている。

終わっていない。

二回戦が始まったのだ。

その証拠に亜利沙の首にあったものと同じ首輪が全員にはめられている。

このゲームを仕組んだ犯人に、命を握られているのだ。

酷い。

まだ殺せと言うのか。

まだ死ねと言うのか。

「え、な、なに？　ちょっと、どういう状況⁉」

ヒステリックな声がした方を向くと、褐色の肌の少女が上半身を起こした恰好で短いスカートを抑えていた。

宮下舞《みやしたまい》だ。亜利沙と、前回の参加者である立花《たちばな》みずきと仲の良かった少女。越智の恋人でもある。

当の越智は知り合いばかりいるためか、さほど緊張した感もない。

「おまえら、なんでいんの？」

呑気《のんき》なことを言う。

殺人ゲームをさせられるために拉致されたからだ。

紘美は心の中で呟《つぶや》くが、今はその事実を告げる気にはなれず、黙っていることにした。

ともかく、気持ちを落ち着かせようと深呼吸をする。

そのとき、後ろから声がした。

「……痛《いて》えな……」

見ると馬渡聖弥《まわたりせいや》が首を鳴らしながら体を起こしていた。校則違反の常習犯。オレンジ色の髪と耳につけた複数のピアスが目につく。

さらに後ろの壁際には小柄で少し太めの少年がおどおどと辺りを見回していた。

「あれ……え？　なんで？」

小笠原光宏《おがさわらみつひろ》だ。

いつも不良の代表格のような馬渡と一緒にいる。偶然だろうが、こんな状況でもそれは変わらないらしい。

「ねぇ、紘美！」

再び舞が叫んだ。状況を説明して欲しいようだ。

話したい。だが、紘美の息は整わず、なかなか言葉が出ない。

とにかく、落ち着かなければ。

紘美は深呼吸をして気持ちを落ち着けようとした。

そのとき、部屋の中央から少し奥、スチールラックの上に乗った小綺麗《こぎれい》なブラウン管テレビからブンと言う低い音がする。

テレビの電源が勝手に入ったのだ。

ゲームの説明が始まってしまう。

いちから説明するのは手間な上に、間違ったことをいうかもしれない。

ともかくルールを把握してもらわなければ。

それにルールを把握してない者が味方に来たら、そのせいで自分が死ぬ可能性がある。
そんなことは、許さない。
紘美はできる限りの大声で叫んだ。
「いいからっ。いいからテレビ見て！」
一瞬、全員の声が途切れる。
ちょうどそのタイミングで青い画面に白い文字が映し出された。
ウェーブのかかった髪の少女が一歩前に出る。
いつも関西弁のイントネーションで喋る結城利絵《ゆうきりえ》だ。
「人狼ゲームの始まりです……？」
馬渡もテレビの前へ行く。
しかし、気になるのはテレビではなく、床に置いてあったロープらしい。
拾い上げると、まじまじと見つめた。片側に金属製の小さな鉤《かぎ》がついている。
「なんだこりゃ……？」
馬渡は画面とロープを交互に見ていたが、やがて視線は天井へ向いた。
紘美もつられて見上げる。
そこにはいくつものフックが吊《つ》り下がっていた。
海賊の船長が腕につけていそうな、大きなものだ。

前回のゲームのときからあっただろうか？

鈍い鋼色のそれは、ナイフのようにも、悪魔の爪のようにも見える。

あれが襲ってくるわけではない。

わかってはいるが、目を背ければ殺される。

そんな気がしてならなかった。

○§○

今月に入って何度目の秋雨になるだろう？

県警本部に設置された特別捜査本部は、三〇人を越える捜査員でごった返している。酷く慌ただしい。

雨の音など気にかかるような状況ではない。

なのに名倉《なぐら》朔太郎《さくたろう》の耳には雨の音がこびりついて離れなかった。

どこか上の空なのだ。

自覚がある。

まるで自分を空から見下ろしているような感覚。夢の中にいるようでもある。

これは離人症という解離性障害の一種だ。過度なストレスや不安がかかったときに現れる症状。

自分にどんな症状が現れているかは、分析できる。

しかし、だからと言って対処できるわけではない。

ただ、ありがたいことに体は仕事をしている。

名倉は調査結果を報告するために、管理官の元へと歩みを進めていた。

この事件の捜査を取り仕切っているのは四〇歳を越えたばかりの升《ます》警視だ。普段は温厚な人物だが、今は苛立ちながら他の捜査員たちに指示を出していた。

無理もない。

聞いた話が正しければ、悪夢は広がるのだ。

名倉のパートナーである照屋《てるや》宰《つかさ》は会議室に設置された長机にかじりつき、固定電話で連絡を取っている。体軀《たいく》に見合った力強さでメモ帳に殴り書きをしていた。

「だから、誰と誰っすか？　お願いします。……今っすよ！　どうぞ。……小笠原、越智、辻、馬渡、水谷、宮下、結城。以上っすね？　七名。いえ、大丈夫です。名簿はあるんで」

やはり増えたのだ。名倉は確信を得る。

その時、制服を着た警官が雑な敬礼をしつつ、慌ただしく会議室に入ってきた。

「管理官。小笠原光宏、辻遊馬、結城利絵の親御さんが来られてます」

「待たせておいてくれ！」

また別の制服警官がやってくる。

「管理官、マスコミの件は――」

「それも後だ！　なぜ漏れた！　なにをやってるんだ！」

照屋が電話を切って矢継ぎ早に報告を入れた。

「管理官。間違いないですね。同じクラス、今のところ七人」

「なんでそんなことになるんだ！　すでに十人消えてるんだぞ⁉　警戒はしてたんだろう⁉」

升の怒号に俯いたのは別の同僚刑事だ。

「……捜索はしていましたが、さすがに誰も、また起きるとは……」

名倉にとっても想像外の出来事だ。

早朝から行方不明者の連絡が多いとは聞いていた。

その内の七名は、またもや同じ学校の生徒だと言う。

本来、この特別捜査本部は一斉に失踪した十一名を捜索するためのものだった。

東克彦《あずまかつひこ》、宇田川素直《うだがわすなお》、坂井龍樹《さかいたつき》、都築涼《つづきりょう》、水谷和希、八重樫仁《やえがしじん》、浅見ルナ、立花みずき、野々山紘美、松葉千帆《まつばちほ》、向亜利沙……

すべて同じ学校のクラスメイト。

最初は単なる集団家出かもしれないと本格的な捜査は行われなかった。

だが、調査を進める内に拉致現場の目撃証言が報告される。

状況は一変した。

警視庁は本件を大規模誘拐、拉致事件と断定。捜査員を派遣し、県警に捜査本部を設置。

総勢四十二名による大規模な捜査を開始した。

数日後、憔悴《しょうすい》しきった水谷和希を保護。

他に、失踪者の持ち物の中から『本当に処刑を行う人狼ゲーム』の手がかりを入手。

これで事件は解決に向かう——。

そう思った矢先に、これだ。

先の十一名と同じクラスの生徒が、さらに七人も失踪した。

拉致の目撃証言がないとはいえ、捜査を進めていた事件と無関係のはずがない。

突然に、しかも一斉にいなくなるという点も類似している。

同一犯による犯行とみる方が自然だった。

そして、照屋が口にした七人とは名倉も面識がある。数日前、名倉と照屋が彼らのクラスへ赴《おもむ》き事情聴取をしたからだ。


〈小笠原光宏〉

〈越智一二三〉

〈辻遊馬〉

〈馬渡聖弥〉

〈宮下舞〉

〈結城利絵〉

最後に、一度は警察で保護した〈水谷和希〉だ。

警察のメンツは丸潰れ。

名倉は悔しさのあまり自分の唇を噛《か》みちぎりそうになる。痛みのおかげか意識が少しだけ現実感を取り戻した。

一方で升警視の同僚に対する怒号は続く。

「手がかりは⁉」

「地取りは始めてます！」

「当然だろうが⁉」

「はい！　引き続き捜査を進めます！」

同僚刑事は力強く頷《うなず》くと、会議室を出て行った。

「名倉はなんだ！」

名倉は拳を何度も作って自分の体を動かす感触を確かめていた。

怒鳴られてようやく夢から覚めたような気がした。

姿勢を正し、報告を進める。

「例の映像。先に誘拐された向亜利沙の自宅から見つかったＤＶＤですが」

ＤＶＤの中身は映像だった。本当に人を殺す人狼ゲームの様子を監視カメラで撮影したもの。映像を解析した結果、ゲームは少なくとも六回ほど行われていることがわかった。

事件解決に結びつく有力な手掛かりだ。

升警視も苛立った状態では話を聞けないと考えたのか、落ち着きを取り戻した。

「……なんだ？」

「建物自体や内装の映像だけ切り取って、複数の業者に見てもらいました」

捜査に協力してもらっているとはいえ、事件のすべてを知らせるわけではない。

それに少年少女たちの凄惨な殺し合いなど、関係者以外に見せられるはずもない。

名倉は脇に抱えていたタブレットを升警視に手渡し、画面を指し示す。

「これと、このあたりですね。さっそく反応がありました。構造やエアコンの形から、企業の保養施設かなにかだろう、バブル期に建てられたものだろうと」

升は画面に映った写真を一枚一枚確認する。

「少なくないだろう」

もっともな意見だ。バブル期に保養施設はごまんと建てられた。

ただ、写っている情報は建物だけではない。

「窓越しの景色や屋上の映像から、山間部にあることはわかります。稜線《りょうせん》や紅葉の分布も登山関係者、園芸関係者に見てもらいましたが、この近辺の山だとわかりました。市内からは遠くても四、五時間の距離でしょう」

升は大きく頷く。

「絞れるか？」

「それなりに。現役で使われているものではないでしょうから、閉鎖されたものを中心に調べています。そういう物件専門の業者もいるようで」

「わかった。そのまま続けてくれ」

そこに口を挟んできたのは照屋だった。

「問題は、場所を変えてる可能性っすね……」

升は眉間に皺《しわ》を寄せる。

「変えてるだと？」

照屋はタブレットを指さした。

「毎回、同じ場所でやってるとは限らないっす。ただもちろん、以前に使われた場所を見つけるだけでも、手がかりにはなりますが……」

升は画像を送り、何枚か確認する。

何度かは同じ建物でゲームが行われているようだったが、明らかに別の建物の場合もあることを、名倉は認識していた。

「どうにもならんか？」

升の疑問に名倉は答える。

「いえ、違う建物でも背景に映る山はほとんど変わらないようでした。施設も同じ地域のものを使っている可能性が高いです」

納得してくれたのか、升が名倉にタブレットを返してくれた。

「この件は任せる。続けてくれ」

つまり、保養施設を特定し、その場へ向かってくれということだ。

そうなるとパートナーである照屋も動くことになる。

だからこそ照屋は別のことが気になったらしい。

「新しい被害者の親は？」

升は少しだけ考える様子を見せた。すぐに照屋を見て指示を出す。

「別の人間に任せる。お前たちは気にするな」

自分の仕事に専念しろということだ。

名倉は決意表明として、大きく、力強く頷いた。

照屋を見ると、彼も同じように頷いてくれる。

若者たちの命がおもちゃにされるなど、許されない。

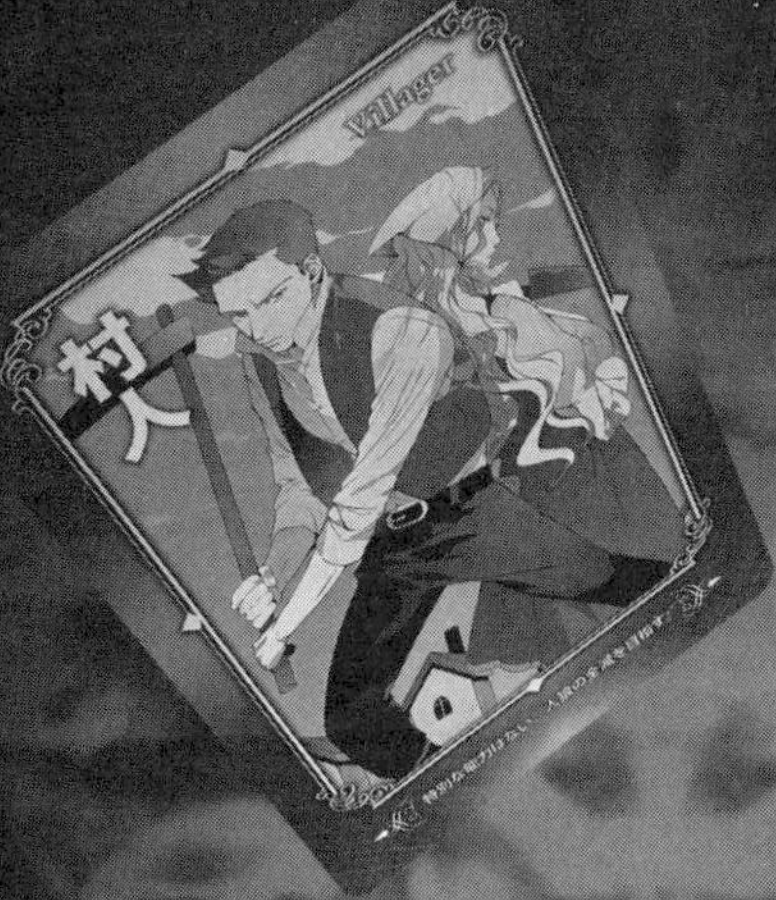
Villager
村人
特別な能力はない。人狼の全滅を目指す。

第一章

Prophet
予言者
村人側。毎晩、ひとりを選ぶ。
その相手が人狼か否かがわかる。

∀‡A

全員の目がテレビに釘付《くぎづ》けだった。

「……えっと……それぞれカードを取り、自分の正体を確認してください。他人のカードを見てはいけません。自分のカードを見せてはいけません」

辻遊馬が青い画面に映った、白い文字を声に出して読んでくれる。

人狼ゲームのルールだ。

紘美は内容を知っている。

だが、目をそらせない。

フックの件といい、なにか変わっているかもしれない。

このゲームに詳しい亜利沙にも確認してもらいたい。

紘美は抱きかかえている亜利沙を見る。

彼女は虚ろな目をしながらも首を起こす最中だった。意識を取り戻したらしい。

「大丈夫?」

紘美は息が乱れる中、声をかける。だが、彼女はこちらを一瞥すると無言で腕の中から転がり出て少しだけ距離を取った。

酸欠になり、少し混乱しているようだ。

ただ、動けるのなら心配ないだろう。

「カードって……?」

越智がルールにあったカードを気にした。

辻が顎で部屋の奥にある移動式のバーカウンターのようなものを指す。

「あれだな」

その上にはカードが伏せられている。

カードの上には山折りにされた紙が配置されていた。ネームプレートだ。

隣で舞が息を飲んだ。

「これ、これって刑事が言ってたやつじゃん!」

刑事という言葉に紘美の胸が高鳴る。

紘美は生唾を飲みこんだ。ようやく呼吸が落ち着いてくる。

「刑事……刑事?　捜査してたんだ?」

「そりゃね。連絡が取れなくなってるクラスメイトの何人かは人狼ゲームが好きだったらしいから、そういうのに心当たりある人、いないかって……」

しかし、ここには辿《たど》りつけていない。

できれば、今夜までに見つけてくれないだろうか？

そうでないと、また……殺さなければならない。

下手をすれば自分が死んでしまう。

「続きだ」

辻がルールを再び読み始めた。

「構成。人狼側が人狼ふたり。村人側、予言者ひとり、霊媒師ひとり、用心棒ひとり、村人が四人。その他、狂人ひとり……」

舞はルールより状況が気になるらしい。

紘美に質問を投げかける。

「やっぱ関係あんの？　あんたらがいなくなったのと、これと。てか、これなに？」

「これ……」

この殺人ゲームの説明をしようとしたが、そのとき突然に激しい音がした。

振り向くと亜利沙が椅子を乱暴に蹴散らしている。

舞が亜利沙に向かって大声をあげた。

「ちょ、ちょっと！」

すぐに落ち着いたのか、亜利沙はそれ以上なにもしない。

辻は亜利沙を横目で気にしながらも画面に向き直った。

「毎晩ここへ集まり、夜八時までに任意の相手に投票してください。最多票を集めた者を処刑してください……」

利絵が不安げに呟《つぶや》いた。

「これルールやんね？　人狼のルール……」

その通りだ。この異常な状況で、友達同士で気軽に楽しむゲームの説明が始まったなら、混乱するだろう。

紘美も最初は意味不明で戸惑った。

利絵もまったく一緒に違いない。

前回は誰かが「命がけの人狼ゲームだ」と不穏なことを言った。

そのおかげで冗談にしろ、冗談でないにしろルールを把握しておかなければという気持ちが強くなったことを思い出す。

紘美は深い呼吸をして現状を伝えた。

「そうだよ。あたしたち誘拐されたの。あたしとルナと、亜利沙。ほかの七人も」

呑気《のんき》に構えていた越智も、さすがに動揺したらしい。

「……え、マジ？　マジで集団誘拐かよ？」

「うん。それで……無理やり人狼を……本当に人を殺すゲームをやらされた……」

今、思い出してもおぞましい。

前回、最初に犠牲になったのはクラスメイトの立花みずきだった。

他の参加者が投票した結果、彼女の得票数が一番多かった。

そして首輪が締まり、彼女は眼球を半分飛び出させ、血の泡を吐き出し、大きく痙攣《けいれん》し、最後には尿まで漏らして、汚らしく死んでいった。

直接手を下したわけではない上に、本当に死ぬと思っていなかったが、結果として自分が殺したも同然だった。

だが、その後は違う。

殺したくないと言えば、自分が殺されてしまうところだった。

死に直面すると、本能が強くなるのだろうか?

とにかく生きたいという欲求が膨れ上がった。

だから、生きるために殺すしかなかった。

票を入れて、生贄《いけにえ》を選ぶしかなかった。

紘美は葛藤をやめ、ゲームを開催している運営組織の人間を憎んだ。

生きて、復讐《ふくしゅう》を遂げる。

だからと言って、クラスメイトの犠牲を厭《いと》わなくなったわけではない。

自分が犯した過ちであることも認めている。

償いは、しなければならない。

辻はさらにルールを読む。殺人ゲームだと知り動揺したのか、だんだんと声が弱くなった。

「該当者が複数いた場合、それ以外の者による決選投票を行ってください。それでも票が割れた場合、その夜は処刑を行いません」

紘美は補足する。

「投票で吊《つ》られたり、夜に襲撃されたら、本当に死ぬの。生き残ったのは、わたしたち三人だけ」

三人と聞いて舞が全員を見回す。

「あんたと亜利沙と、ルナ……？」

服装の汚れや表情、態度から見抜いたに違いない。

紘美は頷《うなず》く。

もう二度とあんな思いはしたくない。

だが、二回戦目が始まった以上、従わなければ死ぬだけ。

生きるためには、殺すしかない。

その傍らで辻はルールを読み続けてくれている。

「夜一〇時から朝六時までは自分の部屋にいてください。ただし人狼は深夜〇時から二時までの間に誰かひとりの部屋を訪れ、相手を殺害してください」

馬渡が床に唾を吐いた。

「で、次は俺らか」

越智は事の深刻さを理解したのか、へたり込んで頭を抱えている。

「マジでマジかよ……」

しかし、今回は少しだけ希望の芽がある。

前回は叶《かな》わなかったことだ。

紘美は舞に確認を取る。

「捜査が始まってるんだよね？　人狼のことも知ってたって」

舞は軽く頷いた。

「でも、その程度……」

小笠原が太い首を左右に振る。目から涙が溢《あふ》れそうになっていた。

「ぜんぜん進んでない。進んでたら、こんなの……」

辻はルールの読み上げを続ける。

「人狼を全滅させた場合、村人側の勝利。村人側の人数が人狼以下になった場合、人狼側の勝利。勝利した側には合計一億円が支払われます」

そこで、ようやくルナが弱々しいながらも言葉を取り戻した。

「……なんで……なんで、また？　終わりじゃないの……？」

亜利沙は鼻で笑う。

「そのため。その絶望した顔を見るため。そのほうが面白いから。決まってるでしょ」

ルナが立ち上がる。勢いで椅子が倒れた。

「聞いてない！」

「言ってないんだもの。当然よ」

ルナの蒼白《そうはく》だった顔が、より病的なものに変わった。

「そんな……」

辻が亜利沙の受け答えに疑問を持ったらしく、画面から目をそらし彼女を見た。

「ちょっと待った。言ってないってなんだ？」

その間に画面の文字は切り替わる。

今度は小笠原が読み始めた。

「……ゲーム中は建物から出られません。建物、備品、他人を傷つけてはいけません。ルールに違反した場合は命を失います」

椅子を投げつける行為、亜利沙がルナに襲い掛かった行為は、このルールに抵触する。

実際、彼女は首輪に殺されかけた。

しかし、辻はルールなどおかまいなしだ。亜利沙に詰め寄る。

「なんで知ってんだよっ。そのほうが面白いから、とかよ！」

亜利沙は不敵に笑う。

「知り合いがやっているのよ。これの運営側。みんなの情報を渡して、誘拐の手伝いをしたのもあたし」

隠すつもりもないようだ。

もちろん、亜利沙が隠したところで、紘美は皆に教えるつもりだった。

頭にきたのか辻が亜利沙の腕を力強く摑《つか》む。

「なんで……おまえ、なんでそんなの！」

このまま放っておくと辻の命が危ない。

「だめ！　暴力はだめだから」

紘美は自分の首輪を触って見せる。

「これが締まるから。見たでしょ⁉」

辻は亜利沙が苦しんでいたことを思い出したのか、動きを止める。

その間も小笠原がルールの音読を続けた。

「予言者は毎晩、ひとりを選び、その人物が人狼かどうかを知ることができます」

小笠原は辻を見る。

「……これ、ちゃんと読んだほうがよくない？」

辻は大きくため息をつき、亜利沙の腕を放した。

「……ああ。だな」

暴力沙汰が収まり、紘美は安堵《あんど》した。

無用な死人は出したくない。

人数が減ればそれだけ勝敗の確率が変わる。

それ以前に警察が動いているのだ。

今回は、ひょっとすれば全員で生きて帰れるかもしれない。

それに、犬死して欲しくない理由は他にもある。

紘美は全員に向けて語る。

「これは、この殺人ゲームは、非合法な賭けの対象なの。犯罪者とお金持ちが一緒に楽しんでる」

紘美は天井の一部を見上げた。

「あれ」

そこにはコウモリのようにぶら下る黒い監視カメラ。

「わたしたちの行動とか、発言とか、みんな見られてる」

どんな風に疑うのか、どんな風に葛藤するのか、どんな風にゲームを進め、どんな風に死んでいくのか……すべてを楽しんでいるに違いない。

きっと犬死さえもオッズの対象になっている。悪魔のような観戦者たちの何人かは嘲笑しながらも大はしゃぎするのだろう。

できるなら、あのカメラをすべて叩《たた》き壊したい。

全員が監視カメラを注目する中、小笠原はひとり画面に向き直り、再びルールを読む。

「……霊媒師は毎晩、直前に処刑された人物が人狼だったかどうかを知ることができます」

次のルールまでの間に、今度は利絵が疑問を口にする。

「説明できるってことは、紘美も仲間なん？」

紘美は首をはっきりと横に振った。

「亜利沙から聞いた。最初は信じられなかったけど、今は……四日もやったら、さすがに信じられる」

次のルールが表示される。小笠原が声に出した。

「用心棒は毎晩、ひとりを人狼の襲撃から守れます。ただし、自分を守ることはできません」

辻はルールを聞き終わると、うんざりした口調で言う。

「……つまりこういうことか？　勝っても勝っても、死ぬまでやらされる」

それを否定したのは亜利沙だ。

「違うわ。二回で絶対に終わりよ」

地団駄を踏んだのは越智だった。

「でも、俺らは勝ち残ったってあと一回だろ！　マジでクソかよ！」

「……ねえ」

そんな中で妙に透き通った声を上げたのは水谷だ。

全員が彼を見る。虚ろな目をしていた。

「危険なんだよね。犯罪なんだよね。これ」

誰も答えない。いや、信じたくないために、答えられなかったのだろう。

その間に次のルールが表示され、小笠原が再び読む。

「狂人は村人側としてカウントされますが、人狼側が勝利した場合に勝利します」

現実を見なければならない。

紘美は「うん。すごく危険」とだけ返した。

水谷が震える。

「なんで……」

彼はゆらりと歩き出し、亜利沙の目の前までいくと、いきなり胸ぐらを摑んだ。

「なんで巻きこんだの。浅見さんを！」

亜利沙も水谷の胸ぐらを摑み返した。

「君のためなのよ⁉」

その行為はお互いの首を絞める。

首輪が段々と締まり始め、ふたりの顔色が変わった。

それでも放そうとしない。

このままでは危ない。

紘美はふたりの間に割って入った。

「ダメだって。学習して！」

それでも互いが互いを離さない。

亜利沙は叫ぶ。

「目を覚まして。あんな女、ふさわしくないわ！」

水谷も叫んだ。

「悪く言うな！」

紘美は二人に振り払われ放り出された。尻もちをつく。

その隙に水谷が小さな亜利沙を押し倒した。

利絵が悲鳴を上げ、距離をとる。

動じなかったのは馬渡くらいだ。

「ダメ！」

紘美は立ち上がって、再度ふたりを止めようとする。
このままでは本当に死んでしまう。
現に攻勢に回った水谷の首輪はきつく食いこんでいた。
「ぐぅっ⁉」
呼吸が完全にできなくなったのか、水谷は亜利沙を離して床でのたうちまわる。
亜利沙がそれを見て慌てて水谷を抱きしめた。
「好きなの！」
異常だ。
なんなのだ、この関係は。
水谷和希は浅見ルナが好き。
浅見ルナは水谷和希を利用した。
向亜利沙は水谷和希が好きなのだが、水谷和希には向亜利沙の言葉など届かない。
それでも亜利沙は揺らがない。
殺し合いをしなければならない、この空間で。
亜利沙自身が招いた、この地獄の中で。
紘美は呆《あき》れてものも言えなくなった。
その間に、水谷は痙攣を起こしていた。

下手をしたら助からないかもしれない。

もう、それはそれでしょうがないことなのだ……

テレビ画面を見る。

そこには『それでは皆さん、頑張って生き抜いてください』とだけ、表示されていた。

＊

結局、水谷は少しの間、気絶しただけで済んだ。

状況がわかってきたためか利絵が泣き、小笠原が過呼吸気味になり、辻も苛立っている。

椅子に座って堂々としているのは馬渡くらいのものだろう。

舞は放心しているのか、壁際で体育座りしている。

「とにかく、整理させてくれ」

そう言いだしたのは辻だった。

「これはヤクザだかなんだか知らないけど、そういう犯罪者どもが運営してる。で、向はその関係者と知り合いだった」

辻は亜利沙と水谷、ルナを順番に見つめる。

「さらに、向は水谷のことが好きで、その水谷が告白した相手、浅見のことがむかついた。

だから浅見を苦しめるために、浅見や俺たちの情報を関係者に流した。誘拐しやすくなるように」

壁に体を預けていた越智が前に出てくる。

「つながらなくね？　なら浅見だけさらえよ、マジで。おれら関係ねえじゃんか！」

選ばれた理由が他にあるのか？

そう言いたげな舞や辻を見て、ルナが補足した。

「さっき亜利沙が言ったとおりですよ。私を苦しめるため。前回は変なメッセージを置いたりしてましたし」

実際に『死んでつぐなえ』と書かれた紙が広間に落ちていた。

誰が置いたのか？

誰に対してのメッセージなのか？

さらに、このゲームをしかけた黒幕がいるのではないか？

いろいろな憶測が飛びかった。

ルナは続ける。

「誰が黒幕かわからなくて、みんな疑心暗鬼になってました。もちろん私も。あとは、みんなの前で謝罪させられたり……」

結果として、犯人は亜利沙だった。

理由は辻がまとめた通り。水谷への愛と、ルナへの憎悪だ。

……ただ、説明の足りない部分もある。

越智は両手を広げてこの場を示した。

「だとしても、もう終わってんじゃん。オールクリアだろ？　謝罪したんだろ？　そもそも謝ることかどうかもわかんねえし。マジでこれなによ？　なんで二回目？　なんでおれ？」

ルナは大きくため息をつく。

「……二回目があると知って、私は絶望しました。また苦しみました。それが亜利沙の目的。ですよね？」

亜利沙は答えない。

床にへたりこんで、俯《うつむ》いて、なにも語らない。

辻が低い声で「そうなのか？」と、確かめた。

ルナが自分の意見を言う。

「他のみんなは、ゲームのための数あわせ」

利絵が声を震わせる。

「そんな理由なん？」

亜利沙は反応しない。

越智は、その態度が気に入らないのか詰め寄ろうとした。

「マジざけんなよ！　おい⁉」

止めたのは辻だった。

「やめろって……」

他人に暴力を振るえば死ぬ。

現に水谷も亜利沙も死にかけた。

越智はその場に座りこみ、膝をゆすった。

いたたまれない空気。

誰も喋《しゃべ》らなくなった。

時計を見る。

まだ昼の十二時にもなっていない。

「……それだけじゃない」

やっと、亜利沙が喋った。

越智は眉間に皺《しわ》を寄せ、亜利沙を睨《にら》む。

「ああ？」

亜利沙は視線を、越智ではなくルナへ向けた。憎しみが含まれた鋭い目だった。

「そいつは人殺しなのよ。二神を殺したの」

「違う！」

空気が破裂せんばかりの大きな声で否定したのは水谷だった。

そう、それが足りない部分。

ルナは、この実験場へ来る前に人を殺している。

彼女自身が告白した。

間違いではない。

利絵も舞も辻も小笠原も動揺したようだった。

辻は苦笑いする。

「……人殺し？」

舞は首を捻りながら亜利沙に確認した。

「なんの話？」

亜利沙は舞など相手にせず、水谷だけに言葉を向ける。

「違わないわ。見ていたのよ。君はただ巻きこまれただけ。死体を運ぶのと、埋めるのと。無理やりやらされたの」

「やってない！」

「やった」

好きな人と対立できるのは、凄いことではないかと紘美は思う。

普通なら相手におもねるために、意見を取り下げる、もしくはそもそも口答えしないのではなかろうか。

亜利沙の気持ちは、紘美には理解しがたい。

ひとつだけわかるのは、亜利沙は自分の正しさを貫こうとしている点。

ただ、その『自分の正しさ』が歪《ゆが》んでいるのだが……

押し問答の中で辻がなにかに気づいたらしい。口元に手をやる。

「……待てよ。それって担任の二神先生のことか？　急にやめた？」

突然いなくなった人物、というので見当がついたのだろう。

小笠原が首を捻った。

「死んだの？」

それに驚いていたのは越智だった。

「え、マジで知らねぇの？」

利絵が補足する。

「昨日……やと思うけど、わたしも聞いたよ。死体が見つかったって」

二神の死体が見つかった。

本当にルナは殺していたのだ。

改めて聞くと、動揺してしまう。

鼻で笑ったのは椅子に座って傍観していた馬渡だ。

「殺したのか？　おまえらしいわ」

ルナは俯き、なにも言わなかった。

本当のことなのだから、なにも言い返せないのだろう。

だが、辻は沈黙を許さない。

「おい。浅見」

答えろと促す。

それに対して言葉を返したのは亜利沙だった。

「二週間ぐらい前、たまたま水谷くんのあとをつけたの。そしたら知らない家の前でその女が待っていたわ。ふたりで大きな鞄《かばん》を運んで、森に埋めてた。あとで中を見たら、死体が入っていたの」

小笠原が何度もルナと亜利沙を見る。

「……信じられない」

信じ切った様子なのは馬渡だった。

「そうか？」

小笠原は馬渡を見て「そんなの、異常だよ」と言うが、馬渡は肩を竦《すく》める。

周りを見渡しながら「これ自体がもう異常だろ」と軽く言った。

あのふたり、普段から仲が良いようだ。気の弱い小笠原が一方的に脅かされて、一緒にいるのかと思っていたが、そうでもないらしい。

利絵はルナに対して心配しているとでも言いたげな表情を向けた。

「なんでなん？」

殺したのには理由がある。

そう気を使っているのだろう。

辻もそのことに気づいたらしい。

「そうだ。仮に本当だとして、なんでそんなことを？」

けれど、ルナは答えない。

彼女が二神を殺した理由を紘美は知っている。

あまりに稚拙な理由だ。だからこそルナは喋れないのだろう。

そんな言いにくいことを代弁するのは、いつも他人だ。

事情を知っている亜利沙が語る。

「付き合っていたけど、ふられたそうよ。くだらない理由だわ」

「うるさい！」

怒りを露わにするのは水谷。

「目を覚ましてよ！」

また亜利沙が呼びかけた。

紘美は苛立ちを覚える。

「やめて！　いい加減にして。そういう個人的な話は終わり」

再び広間から音がなくなった。

外から雨の音がじわりと滲《にじ》み、聞こえてくる。

小笠原はその音にかき消されそうなほど小さな声で呟いた。

「終わりって……」

紘美は大きくため息をつく。

「わかってる。人が死んでる。軽く流せる話じゃないけど、続けても意味ないもん」

歩き回り、全員の注目を浴びた。

それから両手を広げ、この空間を示す。

「それに、ここでは、この場所では、さらに七人が死んでる。今度はわたしたちが殺されかけてる。今は、どうやってここから出るか、みんなで考えようよ」

紘美の提案に嫌な顔をしたのはルナだった。

「……またそれ？」

亜利沙は苦笑していた。

「紘美こそ学習したらどうなの？　このゲームからは逃げられない。出たければ勝つしかない」

紘美は否定する。

「そうとは限らない。だって、警察が捜査をしてるんだよね？」

舞を見つめた。

舞は越智や辻に視線を送る。彼らもなにかを確認するよう互いを見合った。

馬渡だけは面倒くさそうにあくびをしている。

辻は紘美に視線を向けた。

「……してるな。学校にも何回か来たし、俺たちも会った」

紘美は辻に質問をする。

「家は？」

「家？」

「わたしたちの家」

「ああ……行ってると思う。親からも話を聞いたって」

嬉《うれ》しい返事。

紘美は大きく頷いた。

しかし、亜利沙は頑なに態度を崩さない。

「無駄だわ。あいつら、証拠なんか残さない」

それは、そうだろう。

亜利沙が『何度も人狼ゲームが行われたこと』を知っているのに、警察たちはいまだ、ここを見つけられていない。

そもそも、殺し合いを余興として楽しむ組織がいることを把握していないのではないか？

つまり、犯罪者組織は関係者以外に情報が漏れない体制をしっかり築きあげているのだろう。

だが、捜査は進み、警察内に人狼ゲームの話題が出た。

つまり、なにかしらを捜査の上で摑んだのだ。

それは……

「犯人たちはそうかもしれない。でも、亜利沙は？」

そう、運営側のミスではなく、それに関係していただけの亜利沙ならミスをしている可能性が充分にある。

亜利沙は少しの間だけ考えた。けれど、首を小さく横に振る。

「無駄よ。確かに、なにか残ってたかもしれないわ。パソコンの中とかね。でも、あたしはただのお使いだもの。あいつらの逮捕につながる情報なんか、そもそも教えられてない」

それでも、きっとやってきてくれる。

信じたい。

辻は自分の頭を指で抑えながら亜利沙に質問をする。

「なんで、どこで知り合った？　そんな奴ら」

「人狼会よ。こういうイベントの、命がかかってないやつね。千帆とか東も行っていたわ。同じのではないけどね」

人狼が好きな人間を標的にし、誘拐しているのだろうか？

その方がルールや心理戦に精通しており、観戦に耐える内容になるからか？

ここにいるメンバーの何人が人狼経験者で、何人が人狼のセオリーを知っているのだろう？

いや、自分もプライベートで遊んだ一回と、前回の一回だけで、セオリーがわかっているとは言い難い。

そういえば、亜利沙が前に言っていた。

――さすがに嫌がられたけれど。クラスメイトを参加させたいって言ったら。でも、プレイヤー全員を同じクラスから集めようって、あたし自身も参加するって言ったら、面白がってくれたわ。

つまり、高度な心理戦やゲームの巧みさを求めてセッティングされたゲームではない。

日常を知った者同士が殺し合う。

先日までファッションやテスト勉強、共通の友達やゲームの話題で盛り上がり、笑い合っていた友達同士が、真剣な顔で、憎しみと恐怖を抱えて殺し合う。

その点を面白がっているのだ。

はらわたが煮えくり返る。

心の底から憎い。

同じような目に遭わせてやりたい……

「そろそろカード、取った方がいいですよ」

そう言いだしたのはルナだった。

紘美は自分の頭に血が上る感覚を覚えた。

運営を憎いと思った矢先に、運営の手助けをするような発言が気に障ったのだ。

「ルナ！」

ルナはゆっくり立ち上がるとバーカウンターへ向かった。

「私もやりたくないけど、やらなければ殺される……」

そっと細い指先で、ルナは自分の首に仕掛けられた鉄の輪をなぞる。

「これが締まる。少なくとも私たち三人は、よくわかってるはず……」

「そうだけど！」

それでも、今回は警察が来てくれるかもしれないのだ。

殺し合わないで済む可能性があるのに。
紘美はルナを見つめる。ルナも紘美を見つめた。
その間に無言でカードを手に取ったのは馬渡だった。
内容を確認すると片眉を上げた。
「ふむ。見せちゃいけないって？」
ルナが補足する。
「でも、言うのは自由」
馬渡は口を尖《とが》らせながら小刻みに頷いた。
「あっそ。なら霊媒師を引いた」
いきなりのカミングアウト。
霊媒師は前日に処刑された人物が村人側なのか、人狼なのかを判別できる。
それを馬渡が引いた。吉と出るか凶と出るか。
いや、そもそも本当にゲームをするのか？
紘美は視線を床に落とすが、再びルナを見た。
彼女は頷くと「取ろう？」と一言だけ添えた。
やらなければ死ぬ。
警察が来る可能性はあるが、いつ来るのかはわからない。

それまでゲームをせずにいるのは、リスクが高い。
生きたければ、やるしかない。
もう覚悟はしていたのに。
少しでも希望が見えたら、すぐにすがろうとする。
いや、できれば紘美は殺したくない。
目の前の希望にすがるのは、当たり前だ。
しかし、希望にすがり続ければ、死ぬ可能性だけが高くなっていく。
正しくいようとすれば死ぬ。
逃げれば死ぬ。
逃げられない。
戦うしかない。
ここはそういう場所なのだ。
紘美はしぶしぶ頷いた。
それを皮切りに他のメンバーもバーカウンターへ向かう。
ひとり、ひとりとカードを取り、紘美も自分にあてがわれたカードを手にした。
「…………！」
絶句。

背筋に冷たいものが走った。

手の先の体温も失われた気がした。

カードが、自分の命を吸ったに違いない。

そのカードに描かれた絵柄は狼。

記されていたのは『人狼』の二文字。

夜に誰かひとりを選び、用心棒に防がれない限り確実に人を殺していく役職。

村人の敵。

ばれないように、平静を装わなければ——殺される。

紘美はゆっくり、制服スカートのポケットにカードをしまいこんだ。

一方で舞はカードを胸に伏せながらも、手を挙げてカミングアウトしている。

「あたしは予言者を引いた」

早い。

ゲームに不慣れなせいなのか、それとも『予言者』が『用心棒に守られやすい役職』だと知っているからこそなのか。

予言者は毎夜、誰かひとりを指定して村人側か人狼かを判別できる。

この役職が長生きすればするほど、人狼側の勝率は下がるのだ。

だからこそ、用心棒は予言者を守る。

用心棒は夜に誰かひとりを指定すると、その人を人狼の『襲撃』から守れる役職だ。

もちろん、指定と人狼の襲撃が嚙《か》み合わなければ意味をなさないが、人狼側からすると厄介この上ない。

ともかく人狼側は勝つために、用心棒自体をなんとかするか、隙をついてできるだけ早く予言者を殺したい。

ただ、舞が本物と決まったわけでもない。

狂人かもしれないし、もうひとりの人狼かもしれない。

見分けるのは今夜、襲撃の時間になって、もうひとりの人狼がわかってからだ。

ルナは部屋の中央で全員を見回す。

「他はいないですか？　予言者と霊媒師、舞と馬渡で決まり？」

それを嘲笑したの亜利沙だ。

「積極的じゃないの」

ルナは薄い表情ながら亜利沙を睨む。

「勝ちたいから。あんな経験までして、いまさら死にたくないですから」

クツクツと亜利沙は肩を震わせる。

「今度は別陣営だといいわね。しっかり殺してあげるわ。そうしたら、彼も自由になれる」

その瞳は優しい雰囲気を帯びて水谷を見つめた。

当の水谷はカードと向き合っていたが、顔をゆっくりあげると口を開く。

「僕……予言者を引いた」

一瞬、場の空気が緊張した。

舞は顔面を梅干しのようにしわくちゃくにする。

「ちょっと。嘘《うそ》じゃん！」

そんな舞の態度を意に介さず、水谷は自分の役職を確認する。

「誰かひとりが、人狼かそうでないかわかる役職、だよね」

利絵も確認するように呟く。

「自称予言者が、ふたり……」

対抗カミングアウト。

これがあると場は混乱する。

どちらが正しい予言者で、どちらの言い分が本当なのかわからなくなるからだ。

ただ、水谷のカミングアウトは少し遅い。

紘美には水谷が偽物のように思えた。

つまり、それは自分の味方の可能性が高いということ。

しかし、それでも舞が嘘をついている可能性も捨てきれない。

慎重に見極めなければ……

身構えていると、唐突に亜利沙は笑った。

「いいわ！　最高よ！　あたしは水谷くんを信じる。予言者の能力で、みんなを助けてね！」

全員の視線が亜利沙に集まる。

彼女は嬉しそうにその場で身を翻し、スカートの裾を広げて見せた。

＊

役職のカミングアウトは、それ以上なかった。

自ら狂人だと名乗る意味もなく、自ら用心棒だと名乗れば夜の襲撃で確実に殺される。

ただ、あるとすれば霊媒師の対抗カミングアウトだ。

今のところ霊媒師は馬渡だけ。

このままでは彼が本物だと確定してしまう。もちろん、絶対ではないが。

もし、彼が本物だとしたなら、予言者ほどではないにしろ人狼側が不利になるのは間違いない。

予言者の対抗は出たので、どちらかが狂人か、もう片方の人狼——つまり味方だ。

もし、馬渡が本物だとしたなら、残りの仲間に対抗で出てきて欲しいのだが……出てこなかった。

となれば、紘美が騙《かた》るべきなのかもしれない。しかし、その度胸はない。

それに、警察が来てくれる可能性があるのだ。ゲームを前向きに進める気はなかった。

ともかく、それぞれの胸に、それぞれの企みが膨らんでいるのは間違いない。

一旦、冷静になるべきだと考えた紘美は置かれた状況の説明をしながら、施設を案内することにした。

建物は前回のゲームで使っていた建物と同じなので案内も容易だった。

紘美はリノリウム張りの廊下を歩きながら、ひとつひとつ伝える。

外は森ということ。

近くに集落らしきものはあるが、いくら助けを呼んでもこなかったこと。

屋上には出られるが、基本的に外へ出ると死ぬということ。

監視カメラはその屋上はもちろん、いたるところにあるということ。

広間の天井にあるフックは、前回のゲームにはなかったということ。

地下の大浴場から、一階の食堂、厨房《ちゅうぼう》、談話室、使われていない小さな会議室に案内した後、二階の個室前へと案内した。

「ひとり一部屋。番号はカードにあったでしょ？　真ん中の手洗い場のところにお手洗い。廊下の突き当りからは、屋上も行ける」

冷やかすように馬渡が笑った。

「さすがプロ」

「プロじゃないし。こんなの、慣れたくもない」

よかれと思ってやっていることに茶々を入れないで欲しい。

利絵は「お風呂、入りたいんやけど……」と言いだした。

できれば紘美も入りたい。

体が臭う上に顔が乾燥していて皮膚が割れそうだ。

「部屋にはシャワールームもあるから、そこか、地下の大浴場を使って」

利絵はわかったと小刻みに頷いた。

「じゃあ、ともかく、いったん自由行動でいい？」

紘美がそう言うと、全員が頷く。

ひとりひとりが自分の部屋を確かめ、入っていった。

一番奥から――

〈辻遊馬〉

〈小笠原光宏〉

〈水谷和希〉

〈馬渡聖弥〉

〈越智一二三〉
〈浅見ルナ〉
〈野々山紘美〉
〈結城利絵〉
〈向亜利沙〉
〈宮下舞〉
紘美も自分の部屋に入る。
以前と変わらない六畳ほどの部屋。
一番奥には窓。
その右手前に机があり、上には小型のテレビとリモコンが置いてある。
左手側にはベッドがあった。
汚い体で寝転がるのは嫌だと思いながらも、紘美は体を硬いマットに投げ出す。
心が疲れ切っている。
今すぐ眠ってしまいたい。
嫌なことを忘れ、心地よい夢の中へ逃げてしまいたい。
ポケットの中から一枚のカードを取り出す。
何度、確認してもイラストは狼。文字は〝人狼〟。

「……できるわけないし」

大きくため息をつく。

しかし、ここで眠ってはいけない。

眠る時間にできることがあるはずだ。

ゆっくりと体を起こし、立ち上がる。

ドアへ行き、ノブを回して廊下へ出ると、ふたつ隣の部屋の前へ。

いまさら緊張することもない。

強めにノックする。

中から顔を見せたのは亜利沙だ。

「ちょっといい？」

亜利沙は答えもせず、ドアを大きく開いた。

了承の意味だと捉え、紘美は中に入る。

亜利沙はさっそくベッドに座るが、紘美は閉めたドアにもたれかかった。

「繰り返しになるけど。説得できないの？　これ、やめさせるように」

「だから、無理だってば」

うんざりした口調。

しかし引かない。

「知り合いなんだよね？　犯人と」

　亜利沙は間を置いた。

「……知り合い。ええ、まぁ、知り合いと言えば知り合いね」

「なら――」

「忘れてないかしら？　これは、あたしが望んだことでもあるのよ」

　確かに、そう言っていた。

「……でも、水谷もいるんだよ？　死んじゃうかもしれないじゃん」

　亜利沙は軽く笑う。

「大丈夫。彼は味方だよ」

　亜利沙は村人だから予言者であるというカミングアウトを信じている？

「言い切れないじゃん！」

　水谷が人狼側である可能性は捨てきれない。

　逆もしかりだ。亜利沙が人狼側だとしても、水谷が人狼側である確証はない。

　慎重さが足りない。

　前回のゲームでは冷静に可能性をひとつひとつ考えて行動、発言していたというのに。

　いや、それが恋をしている人間の思考なのだろうか？

　恋は盲目とよく言われるが、本当に目の前のことが見えなくなるものなのか？

紘美にとって恋は謎の存在だ。

してみたくもあるが……それも生きていたらの話だろう。

亜利沙は俯いて薄く笑った。

「今回はさっさとあの女を吊って、彼と生き残るの……」

酷いことを言っているが、彼女の表情はまるで夢を見ている少女だ。

頰を染めて、優しく微笑んで……

紘美に対しては厳しい現実を口にし続けたくせに。

そう思うと体が勝手に震え出す。

「そんなふうにいくわけ――」

「わかっているわ。思い通りにはいかないものよ。人狼ゲームだもの。でも、それは、紘美だって同じよ」

「え？」

「前はたまたま勝てた。今回もうまくいくとは限らない」

まただ。

亜利沙は直視したくない現実を無理やりこちらに押し付けてくる。

「死んだら意味がないし。救出を待つのもいいけれど、それまでは生き残らないとね。そのための努力はしないと、すぐ吊られちゃうわよ？　勝とうとしない奴なんか、みんないないらない」

嫌と言うほどわかっている。

殺さなければ生き残れない。

そして今回、紘美は〝人狼〟。

自分が生き残るための生贄を夜な夜な決めていくのだ。

「用はそれだけかしら？」

うかない顔をしていると自分が人狼であることがバレるかもしれない。

紘美は黙って頷くと亜利沙の部屋を後にした。

割り切ることが大切だ。

当然、生き残るためのことは考える。

そうでなければ、なんのために七人もの犠牲者を出したのだ……

もう、自分の手は汚れている。

他人の命を犠牲にして、こうやって生きている。

だが、やはり全員が助かる道があるのなら、それを選びたいではないか。

警察は動いている。

きっと、どうにかしてここへ辿りついてくれる。

けれど……それまでは、やはり殺さなければならないのか……？

紘美は自分の部屋に戻ると、大きなため息をついた。
魂が抜けるような感覚に襲われ、体が動かなくなり、扉の前でへたりこんでしまう。
肩が重い。
ひょっとしたら、犠牲になった七人が寄りかかっているのかもしれない。
膝を抱え、うなだれる。
そのまま脱出方法や、皆が生き残る方法を考えたが、うまく頭が働かなかった。

*

紘美はシャワーを浴びて一息つくと、他にできることをしておこうと行動を起こした。
屋上に行くと、前のゲーム時にガラクタを集めて作ったSOSがなくなっていた。
わざわざ片付けたということは、運営はあのSOSを嫌がっているのだ。
効果はある。
ましてや警察が動いているなら、ヘリコプターで捜索する可能性もあるのだ。
ガラクタや使われていない机、椅子を集め、屋上にもう一度SOSの文字を作った。
それから玄関先にも目印をと思ったが、なにも用意できなかった。
前回は、ここに死体を放り投げた。

通りがかった人が見つけてくれるようにと。

綺麗《きれい》さっぱり、死体はなくなっている。

屋上のSOSが消えたことといい、前回のゲームが夢だったかのようだ。

本当に、ただの悪い夢であったら……そう願わずにはいられない。

息を止めれば苦しくて、壁を平手打ちすれば手のひらに痛みが返ってくる。

現実なのだ。

だから時間も経過する。

気が付けば夜七時を過ぎていた。

足が重い。

だが、広間に行かなければ。

ルールに沿わなければ、死ぬのは自分だ。

広間の扉を開くと、自分を含め八人が揃《そろ》っていた。

いなかったのは舞と越智。

全員が揃わない状態で話し合いは無意味と考えたのか、単純に会話するような心情でなかったのか、誰も喋らなかった。

ふたりが来たのは七時三〇分を回る頃だ。

着席を確認して、やっと辻が口を開いた。

「全員揃ったし、投票か……」

円形に並んだ椅子の中央には、小さな鉤《かぎ》のついたロープが置かれている。

なぜこんなものが用意されているのだろう？

ぼんやり考えていると、亜利沙が手を挙げて発言を始めた。

「はい。役職持ちの水谷くん、舞、馬渡は候補から外すとして。残り七人から選ぶなら、ルナを吊るべきだと思うわ」

水谷が眉間に皺を寄せる。

「また！」

亜利沙は水谷におもねることなく意見する。

「人殺しだからよ。教師と汚らしい関係を続けて、捨てられそうになったらブチキレて殺してしまう。死んで当然のヤツよ」

水谷は力なく首を横に振り、亜利沙に懇願する。

「やめてよ……向さんの気持ちは嬉しいけど。でも、浅見さんは浅見さんで傷ついてる。あいつが死んだのも事故だし。むしろ被害者だって、わかってあげてよ！」

水谷が亜利沙の気持ちを受け止めていることを、紘美は意外に思った。

ただ、それはルナの身を案じてのことかもしれない。

彼が亜利沙の気持ちを無視し続ければ、亜利沙はもっとルナにきつくあたる。それを防

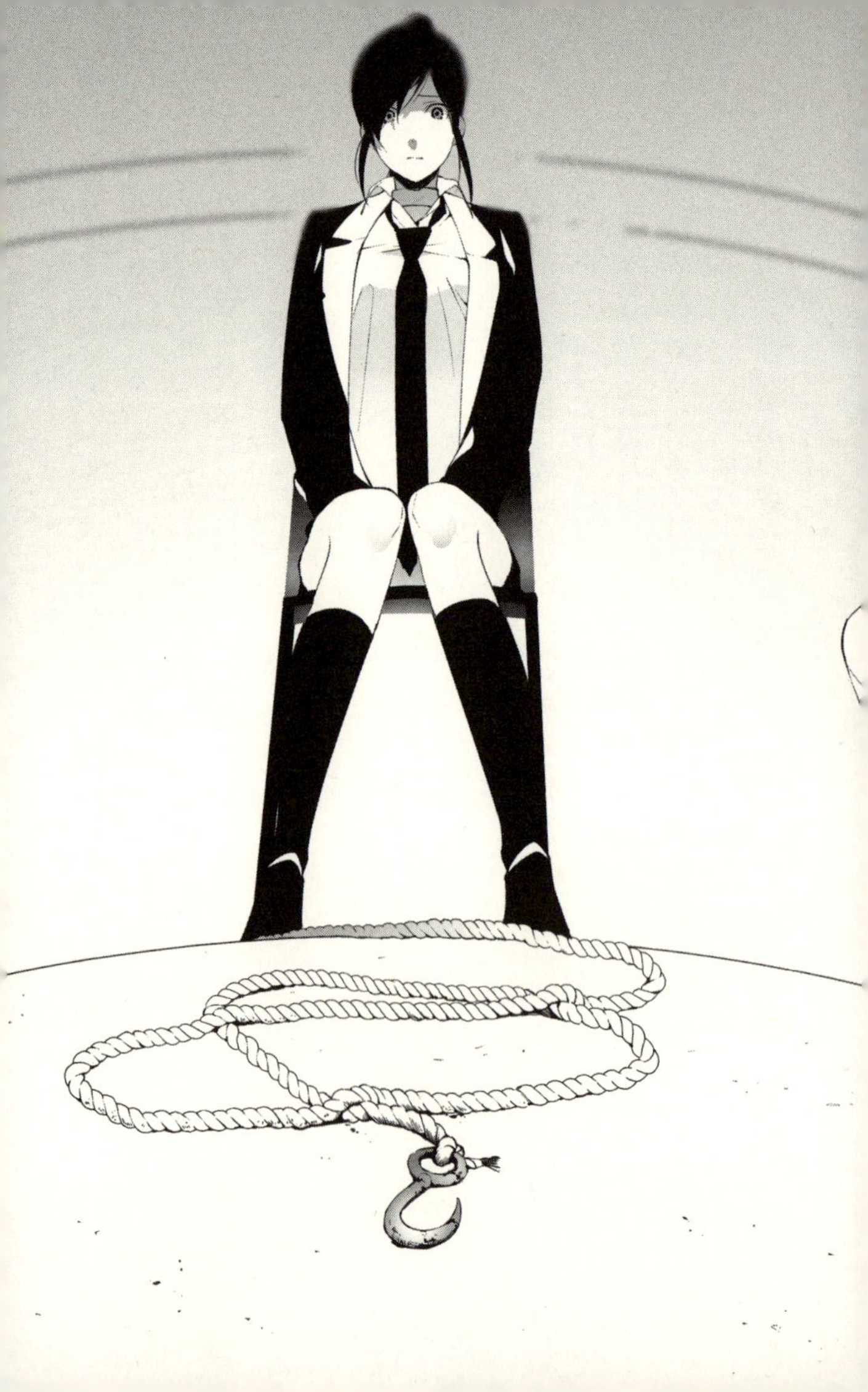

ごうとしているのかもしれない。

実際に効果はあるらしく、亜利沙から新しい反論は出なかった。

気持ちを受け止めてくれている水谷から懇願されたら、さすがの亜利沙も無碍《むげ》にできないらしい。

しかし、悔しいことには変わりないらしく下唇を噛んでいた。

一方で、紘美の隣に座っていたルナが水谷に優しい微笑みを向けた。

「ありがとう……」

「調子に乗んな！」

亜利沙は挑発と受け取ったらしい。目を見開いて大声で叫ぶ。

対してルナは鋭い視線を亜利沙に返した。

「死んで当然なのは、亜利沙の方だと思いますけど」

辻が首を傾げた。

「なんでだ？」

ルナは亜利沙を見据えたまま、全員に説明を始めた。

「私たちをここへ連れてきた張本人です。みずき、千帆、東、八重樫、都築、坂井、宇田川。もう七人が死んでしまいました。亜利沙のせいで……」

ぎこちなく笑ったのは越智だった。

「あ、あらためて言われると、マジですげえな……」

利絵も感想を漏らす。

「現実感あらへん……」

死体を見ていないのだから現実味がないのは、しょうがないことだ。

実際に死体をいくつも見てきた紘美でさえ、白昼夢だったような気がしてならない。

だが、現実だ。

直に手をかけたわけではないとはいえ、自分が殺したも同然だ。

いつか、必ず贖《つぐな》いをしなければ。

ルナは続ける。

「この中で亜利沙だけが、そういうゲームだってわかった上で参加しています。最初に吊られても文句は言えないはず」

広間が静まりかえる。

ふたりだけの殺し合い。

人狼である紘美としては、もうひとりの人狼が誰なのかもわかっていない。

擁護もできなければ率先して吊ろうとも言いにくい。

それに、やはり警察の助けをあきらめきれないでいる。

紘美は顔を上げて全員の様子を伺った。

ちょうど小笠原が手を挙げる。

「……あの、いいかな。僕は、馬渡に入れるべきだと思う」

意外な意見に少しだけ驚いた。

仲が良かったのではないのか？

当の馬渡は対角の位置に座っていた。腕を組んで浅く腰かけている。

「へぇ？」

余裕の笑みだが、そこに静かな怒りがあるように思えた。

だが、小笠原は退かない。いつもとは雰囲気がまるで違う。

「こいつは……三週間ぐらい前、立花みずきに乱暴した」

紘美、ルナ、亜利沙は知っている情報だ。

前回のゲームの途中で都築が話してくれた。

ただ、他の参加者は知らないことに違いない。

実際、舞が眉を寄せている。

「なにそれ？　初耳なんだけど……」

辻も同じだ。

「乱暴って、ほんとに乱暴か？　いわゆる……」

馬渡はまったく動じた様子を見せなかった。

そんな彼はルナを指さす。

「ああ。でも、そいつの命令でだ」

辻がルナと馬渡の顔を交互に見る。

「……命令?」

ルナは軽く唇を結んだ。

「……たしかに相談しました。みずきが私に嫌がらせをしていたから、なんとかしてほしいって。でも乱暴しろ、なんて言ってないです」

馬渡は鼻で笑う。

「そうだったか?　あれは完全に、そういう意味だと思ったけどなぁ」

どちらが正しいのかはわからない。

けれど、ルナが馬渡に立花みずきの嫌がらせを止めて欲しいと頼み、その結果、立花みずきが乱暴されたのは事実だ。

それが紘美の中に疑心を生み出した。

ルナとは幼稚園の頃から知る仲だ。

だが、ずっと騙《だま》されていたような気分になった。

ルナの表の顔は作り物で、内に知らない別の誰かがいるような気さえした。

ただ、よくよく思い出せば、やりすぎることもあったように思う。

例えば友達と遊びに行くときだ。

出掛ける先を決めるときに「あそこへ行かないんですか?」と、さもそこへ行くのが当然のように言ったり、都合がわからないという友達に対しても「来ますよね?」と言葉をかけたりしていた。

馬渡が暗に語っているように、頼み方も命令……脅迫じみたものだったのではないだろうか?

二神を殺してしまったのも、ルナのやりすぎる部分が災いしたのではないか?

紘美がため息をついている間に、利絵が馬渡に確認をする。

「……否定はせえへんのや」

乱暴したということを、だ。

忘れていたと言わんばかりに馬渡は反応する。

「ん? ああ、するよ。乱暴まではしてない。手前で止めた。あくまで脅せって言われただけなんで」

悲壮な表情をルナは見せる。

「脅せ、とも言ってない!」

ルナはいつも無表情に近かった。それが感情表現豊かになったのは、少し新鮮だ。

どこか的外れな感想だと、自分でも思う。

考えるのが嫌になっているのかもしれない。

それでは生き残れない。

もっと意識を強く保たねば。

紘美は気を取り直して様子を見守る。

馬渡が足を組みなおして大きくため息をついた。

「にしてもショックだよ。おまえ、喜んで手伝ってたくせに」

視線の先には小笠原。彼が乱暴を手伝っていた？

「嘘だ！　僕はあんなの、巻きこまれたくなかった。急に出てろって言われて、あんなことするなんて」

そういえば、都築が言っていた。

場所はカラオケルームで、現場には馬渡、都築の他に八重樫と小笠原がいたと。

それに、小笠原は乱暴を止めようとしていたが、八重樫が小笠原を抑えたとも。

馬渡の左の表情だけ、微笑みに変わった。

「なにおまえ、好きだったの？　あの女、おまえには派手じゃね？」

小笠原は勢いよく立ち上がる。

「うるさい！」

馬渡は大きくため息をついて脱力すると、首を横に振った。

「どっちにしても、俺を吊る選択はないわ。俺だけだろ？　霊媒師。なにおまえ、人狼の味方？」

小笠原は言葉を失う。

彼を吊る根拠を失くしたせいか、力なく椅子に座った。

そうだ。

他に霊媒師を語る人物がいない以上、馬渡が霊媒師役である可能性は高い。

確定の霊媒師は人狼である紘美にとって不利な存在だ。

相変わらずもう一人の人狼、もしくは狂人は動く気配を見せない。

だとすれば自分が騙るしかない？

気づくとポケットの中のカードを握り締めていた。

自分は、人狼なのだ。

他のクラスメイトを殺して、殺して、殺して……その末に生き残れる存在。

亜利沙の言葉を思い出す。

――救出を待つのもいいけれど、それまでは生き残らないとね。そのための努力はしないと、すぐ吊られちゃうわよ？

自分はこの殺人ゲームの経験者。

いろいろと知っているぶん、他のメンバーよりも有利と考えられるはず。

つまり、他のメンバーは『先に殺しておいた方が得策』だと判断してもおかしくない。
もちろん、逆もあるだろう。
しかし、自分が吊られないためにも役職を得た方がいいのではないか？
予言者はもうふたり出ている。
騙るなら霊媒師。
馬渡の確定霊媒師を揺るがすだけでも価値がある。
それに、このタイミングなら、まだ許されるはず。
だが、カミングアウトが遅れた理由は必要だ。
どう言えば説得できる？
どうすれば……馬渡を吊る流れに持っていける……？
いや、本当にその選択でいいのか？
言葉を発しかけた口を、ゆっくりと閉じた。
決心がつかない。
騙って上手くいく自信がないせいもあるが、前回の宇田川を思い出したせいでもある。
彼は生き残るために『紘美が人狼である』と平気で嘘をついた。
さも当然のように悪意をぶつけてきた。
それが自分にもできるのか、わからなくなったのだ。

こんなことで、自分は生き残れるのだろうか……？

なぜか、自分が排水溝に引っかかった髪の毛のような存在になった気がした。

それはとても惨めで、汚らしい。

そうまでして生き残ることが大切なのだろうか？

下水に流されず、その場にとどまり続けることが大切なのだろうか……？

ダメだ。

生きる意志を失えば、見透かされて殺されてしまう。

思い出せ。

自分は、なぜ七人も犠牲者を出した上で生きているのか。

七人も……

そんな紘美の苦悩を知らない小笠原は、酷い願望を口にした。

「いいよ。君が本物だって言うなら、いまは入れない。でも人狼に襲われたらいいな、とは思う」

殺せと言うのか？

他人の力を頼りに殺そうと言うのか？

いや、実際に馬渡が死んでくれたら、生き残る確率は上がる。

殺せるなら、殺すべき、だ……

さすがに馬渡も小笠原の論理には呆れたのか、口調が強くなった。

「だから、俺は霊媒だって言ってんだろ？　それが襲われたら、みんなにとって不利じゃん。襲われたらいい、とか言ってんじゃねえよ。ほんと馬鹿だな、おまえは！」

馬鹿呼ばわりされたのが、そうとう頭にきたのか、小笠原はわかりやすく歯を食いしばった。

小笠原は、大丈夫なのだろうか？

このゲームに向いていない気がする。

早めに、楽にしてあげた方が……

変なことを考え始めた自分に気づき、紘美は小さく首を振った。

その間にも馬渡は話を進める。

「わかってると思うけど、用心棒は俺を守れよ。それか、自称予言者のふたりか。三分の一の確率で守られてるってなったら、人狼も来ねえだろ」

確かに攻めづらい。

夜の襲撃に失敗したなら、人狼側はそれだけ負ける確率が高くなってしまう。

亜利沙は馬渡の意見に釘を刺す。

「性格によるんじゃないかしら？　人狼のね」

自分ならどうするだろう？

ぼんやりと考える。

答えが出る前に、辻が投票の時間を告げた。

「そろそろ時間だな」

馬渡が腰を上げ、中央に置いてあったロープを手にする。

疑問を口にしたのは利絵だった。

「なにしてるん?」

「これ使えってことだろ?　投票が終わったら。なんだっけ、最多票の奴を処刑しろ、だっけ?」

ロープを使う?

しかも小さな鉤がついたものを?

紘美は首輪に触れる。

気づけば前回のことを説明していた。

「待って。前はこれが締まった。締まって、死んだ……ロープを使うなんて、なかった」

ルナが改めてルールを口にする。

「毎晩ここへ集まり、夜八時までに任意の相手に投票してください。最多票を集めた者を処刑してください」

「え?」

なぜいまさらルールを？

理解が追いつかない。

ルナは続ける。

「そういえば、前回と説明の文章が違いましたね。少しだけ」

辻は首を捻った。

「どう違った？」

「前は……最多票を集めた者は処刑されます、でした」

利絵が改めて文章の違いを確認する。

「前は処刑されます。今回は、処刑してください……」

馬渡がロープを掲げ、また左の顔だけ微笑ませる。

「やっぱこれじゃねーか。あと、それ」

馬渡の視線の先には、天井のフックがあった。

まさか、文字通り〝吊れ〟と言うのか？

いや、ではなぜ鉤がついているのだ？

輪にしていれば問題ないではないか。

それに、首には鉄の首輪がついているのに……

紘美は隣に座る利絵の首輪を見てぞっとした。

ある。

鉤を引っ掻《か》ける、穴らしきものがうなじの部分に空いている。

まさか、ここにひっかけて、吊り上げるのか？

自分たちの手で殺せと言っているのか？

越智も同じことを察したらしい。

「無理だろそれ！　マジどう考えても、できるわけねえって！」

馬渡が冷たい視線をルナに送る。

「そいつならできんじゃね？　経験済みだし」

ルナの表情はその視線の温度に、凍りついたようだった。

逆に温度が上がったのは水谷だ。

「おい！」

立ち上がって飛び出そうとするが、ルナが手を上げて制止した。

「……いいの」

水谷はなにか言いたげだったが、ルナには逆らわないようだ。

悔しそうな顔をしながらも大人しく席についた。

舞が大きくため息をつく。

「で、結局どうすんの？　投票先」

辻は改めて時計を見る。

「いまさら相談する時間はないぞ。とにかく、自称予言者と霊媒師は外す、だよな」

確認の視線が送られる。

紘美は目を合わさずに頷くだけにしておいた。

「じゃあいくぞ？　三……」

しかし、もうひとりの人狼がわかってない状態。

下手な人物には投票できない。

「――二」

除外されるのは水谷、舞、馬渡。

その上で、できるだけ自分が人狼だと疑われなさそうな相手がいい。

「――一！」

時間。

咄嗟《とっさ》に紘美は腕を上げ、指を向けた。

それぞれが互いの顔を、指先を確認する。


――紘美は利絵に。

――亜利沙、利絵、小笠原はルナに。

――辻、馬渡は小笠原に。

――越智、舞、ルナは亜利沙に。

――水谷は馬渡に投票。


見ただけではバラバラという印象だ。

実際、舞は混乱しているらしい。

「待って。わかんないわかんない」

越智もよくわかっていないようだ。

「ばらけてんぞ。浅見か？」

しっかりと数えてくれたのは利絵だった。

「えっと……ひぃ、ふぅ、みぃ……ひぃ、ふぅ、みぃ……亜利沙とルナが、三票で最多？」

紘美が数えても同じだった。

辻が状況を整理する。

「……ってことは、決選投票か」

そして吊られる人物を決める……

いや、これはチャンスではないのか？

紘美はひとつの提案をすることにした。

「ねぇ、みんな、また同じ人に入れない？」

なにを言っているのか？

そんな風に言いたげな視線が紘美に集まった。

紘美はルールをもう一度、説明する。

「決選投票でも最多が同じだったら、その夜は処刑を行わない。誰も死ななくて済む」

困り顔をしてみせたのは利絵だ。

「でも……」

利絵が戸惑った理由を紘美は理解している。

「わかってるよ。誰も死なないってことは、人狼が減らない。それは前回でわかった」

夜に村人が死んでいくだけのゲーム。

人狼が圧倒的に有利になる。

しかし、紘美は罠《わな》に嵌《は》めるつもりなどない。

ただ、希望にすがりたいだけ。

人を殺したくないだけ。

「でも警察が捜査してるなら、もう少しだけ。もう少しだけ待ってみようよ。ここで投票先を変えたら、かなりの確率で、ルナか亜利沙が死ぬんだよ？」

紘美は中央に進み出て、馬渡からロープをひったくる。

「みんなこれでルナか亜利沙、殺せる？」

越智は眉間に皺をよせ、酔ったようにフラフラしながらへたりこんだ。

「そりゃ、無理だけどよぉ〜」

そのタイミングで口を挟んだのは亜利沙だった。

「じゃあ同じ投票先ってことね。三、二、一！」

急がされたせいか、再び全員が同じ相手を指さした。

へたりこんだ越智も、しっかり亜利沙に投票している。

結果は先程と同じ。

利絵に一票——紘美から。
ルナに三票——亜利沙、利絵、小笠原から。
小笠原に二票——辻、馬渡から。
亜利沙に三票——越智、舞、ルナから。
馬渡に一票——水谷から。

広間に掛けてある、丸いアナログ時計の針が夜八時を越える。

全員が息を詰めた。

一秒……五秒……三〇秒と経過する。

しかし、なにも起こらない。

たぶん、これで大丈夫なのだ。

嫌なモーター音もしなければ、テレビで忠告が出てくるようなこともない。

この投票では誰も死なない。

秒針が三周する頃、それは確信へと変わる。

紘美は大きなため息をつくと、ロープを床に投げ捨てた。

*

誰も死ななかったことに、安堵はすれど大きな喜びはなかった。

なんとか一日目を誤魔化し、やり過ごした……という感覚が強い。

他の参加者も喜びを露わにしなかった。

理由は思いつく。

馬渡は小笠原に裏切られ、ルナは二神を殺したということを全員に知られ、亜利沙は水谷を愛しながらも対立を深めた。

それに今回のゲームでは、まだ死人が出ていない。

異常な状況を異常だと実感できないでいるのだろう。

現に越智は「なんだ、こんなもんか？」と漏らしていた。

誰も死ななかったという奇跡を奇跡だとわかるのは、紘美が前回のゲームを体験しているからだ。

一日にひとり、ふたりと命を落とし死体になっていく。

そんな経験をすれば嫌が応でも『誰も死なないこと』の素晴らしさを理解するようになるだろう。

しかし、その素晴らしささえ、もう紘美に喜びを与えない。

明日は、わからないからだ。

ひょっとすれば警察が来てくれるかもしれない。

来なければ、今日、救われた命が無残に散っていくかもしれない。

死ぬとしたら……やはり亜利沙か、ルナなのか？

もしかしたら、自分かもしれない。

明日、自分はこの世にいないかもしれない……

短い人生。

何もなしていない人生。

自分が生まれた意味とは、なんだったのか？

無意味だったとしても、今は生きている。

だから腹が減った。

食事を摂ることは、生きること。

聞けば全員、食事を摂っていないという。

混乱と緊張で食欲がなかったのだろう。

紘美は皆を食堂へ連れて行った。

それぞれが思い思いに物色し、食べ物、飲み物を手にする。

険悪な雰囲気でありながらも、全員で同じテーブルを囲み、食事を始めた。

紘美は固形物を食べる気になれなかったのでインスタントのコーンポタージュを飲むことにした。

利絵も欲しいと言ったので、彼女の分も作ってあげた。

投票で紘美は利絵に入れた。

それは、利絵を殺そうとしたと言ってもいい。

だが、彼女はまるで気にしていないようだった。

少しだけ、ありがたかった。

全員が食事を終えようとする頃、辻が急に話を始めた。

「なあ、思ったんだけどさ。誰も死なないようにするっての、本気で試してみねえか」

意外だが嬉しくなる発言に、紘美は思わず目を見開いた。

利絵は小首を傾げる。

「具体的には、どうするん？」

「自称霊媒師って馬渡だけだろ？　なら用心棒は馬渡を守る。人狼は必ずそこを襲撃する」

利絵は下唇を中指で触りながら、さらに首を傾げた。

「するんかな？　予言者が無防備ってわかってるんやったら、そっちを襲うんちゃう？」

辻は希望的観測を語る。

「さっきは俺たち、誰も吊らない選択をしたわけだよ。人狼にとって有利な選択を。人狼がまともな奴なら、借りを返してくれるんじゃね？　そうやって犠牲者を出さずに、助けを待とうぜ？」

利絵は眉間に皺を寄せた。

「その提案自体、辻が人狼やから、じゃないやんね？」

「違うって！」

なにも考えていないのかと思いきや、利絵は意外に慎重らしい。

そんな彼女が、票を入れた紘美を警戒しないだろうか？

紘美はコーンポタージュの入っていたカップを見る。

険悪な雰囲気にならないよう、気を使ってくれたのかもしれない。

それとも、なにか別の企みがあるのだろうか？

疑心暗鬼が育ち、利絵に対する殺意が膨らんだことを感じた。

――ダメだ。

カップを強く握り、殺意を抑えこむ。

ともかく希望にすがる人物が別にいるのなら、ぜひ協力したい。

紘美は顔を上げ、全員の顔をひとりひとり見る。

「いまの提案、もし用心棒と人狼が受け入れてくれるなら、とても嬉しい。誰が人狼か知らないけど。わたしからもお願いしたい」

嘘はついていない。

もうひとりの人狼は、誰かわかっていないのだから。

馬渡が立ち上がる。

「まぁ、そういうことなら後は人狼次第だな」

食堂を出て行こうとする様子を見て、利絵が声をかける。

「どこ行くん？」

「部屋に戻るんだよ。一〇時までに戻ってねーと、殺されるんだろ？」

食堂の壁に掛かっている時計を見るとすでに九時過ぎ。

越智が次に席を立った。

「じゃあ、おれも戻るわ。行こうぜ、舞」

「うん」

ふたり並んで食堂を出て行く。

紘美も部屋に戻ろうと思ったが、ルナ、水谷、亜利沙を残して行くのは不安だ。なにかをきっかけに、また暴力沙汰になるかもしれない。

紘美は三人に目配せする。

察したのはルナだった。

「私も戻ります」

言葉はそれだけ。水谷もルナを追いかける。

「待ってよ、浅見さん」

亜利沙は当然のようにルナをきつく睨んだ。

ともかく、ルナがいなくなったのなら亜利沙もおかしな真似はしないだろう。

「じゃあ、あたしも戻る」

紘美も席を立ち、自分の部屋へ戻った。

紘美は部屋で椅子に座りながら、この後のことを考えた。

誰がもうひとりの人狼なのか？

どうやって襲撃相手を『殺す』のか?

今回は『処刑してください』だった。

人狼の『殺害してください』のくだりは前回と一緒だが、前回のゲームでは夜の襲撃も首輪が殺していたはずだ。

直接、手を下していたとは考えにくい。

ならば、ルールを『直接手を下す処刑』に変更した運営者が、人狼側だけを優遇するとは思えない。

紘美はテーブルの上にあるアナログ時計を見て一〇時を過ぎたことを確認する。

誰も部屋から出られない時間。

唐突に誰かが部屋を訪れてくることはない。

紘美はまず、机の引き出しを開けた。

ノートと筆記用具が入っている。一応、奥まで手を入れるが、他にはなにもなかった。

立ち上がり、ベッドの脇にあるロッカーへ歩み寄った。

鉄製の扉を開けると、悲鳴のような金切り声を上げた。

ロッカーには替えの下着が置いてある。

Tシャツやズボンも用意されているが、着ようとは思わなかった。

そのロッカーの下。普通は靴を置くところに白い箱があった。

ダイヤルはないが、小さな金庫だとわかる。

以前のときにはなかった。

これも新しく用意されたものだろう。

だとすれば、ここにあるに違いない。

そっと開けて中身を確かめる。

あった。

大きなナイフ。

持つと、ゴム製のグリップが手に吸い付くようだった。

ずっしりとした重み。刃の中身が血で満たされているように錯覚する。

これで、殺せというのか……

そっと指先で刃に触れる。

氷のようだった。

なぜか触れただけなのに、刃の厚みまでわかるような気がした。

切っ先にも触れてみようとしたが、ケガになって次の日に見つかると立場を悪くするかもしれない。

そこから人狼だと見破られる可能性だってある。

いっそ、自分が人狼だと告白し、協力を仰ぐ手もあるだろう。

ゲームを拮抗《きっこう》させ、警察がくるまで誰も死なせない。

しかし……人狼の正体が判明すれば犠牲者は少なくて済む。

一番、被害が少ないのは人狼のふたりが二日連続で処刑されたときだ。間の夜は用心棒が働いて襲撃による犠牲者を出さなければ良い。最後に人狼の負けで自動的に狂人が死ねば終わりだ。

実際に助かる人数は七人。

……七人。

紘美が犠牲にした数と同じ。

それが助かるなら、自分は処刑されてもいいのでは？

その方が楽なのでは？

甘い果実の香りがする。

『死』が誘惑する匂いだろうか。

ダメだ。

今、自分が死んで七人を助けるくらいなら、最初から七人を死に追いやることなどなかったのだ。

やはり、生き残りたい。

運営に復讐したい。

それに、七人が助かっても、ルナ、亜利沙以外は二回戦が待っている。
そこで生き残るのは、また何人になるのだろう？
その生き残った人が、復讐を遂げてくれるとは限らない。
一億円を手にして、悠々自適に暮らすかもしれない。
言い知れぬ嫌悪感が沸き上がる。
紘美は頭振ると深呼吸してナイフをロッカーに戻した。
一番いいのは……もうひとりの人狼の了解を得て、殺さない選択をすることだ。
今は、全員が生きて帰れる可能性が残されている。
椅子に座り、紘美は深いため息をつく。
そのまま〇時までの二時間を憂鬱に過ごした。
……皆は寝ただろうか？
このゲームに参加してどう思っているのだろうか？
運営はなにを考えているのだろうか？
警察は本当に来てくれるのだろうか？
様々なことを考えるが、どれも答えは出ない。
本当に意味のない、恐ろしく空虚な時間。
二時間は四時間にも、五時間にも思えた。

時間に応じて空気まで伸びたのか息苦しさを覚える。
そして〇時ちょうどになった。
そのまま部屋を出ようかと思ったが、紘美はロッカーを開け、再びナイフを手にした。
置いていくのは、やはり心細い。
いや、持っていても使わなければいいのだ。
これは、お守りのようなものだと思えばいい。
ドアの前に行き、立ち止まって深呼吸をする。
それから音が鳴らないよう、そっとドアを開いた。
廊下は不気味なほど静かだ。
顔だけ出して見回すと、ちょうど他の部屋のドアが開くところが見えた。
もうひとりの人狼が姿を現す。
吐き気がした。
——亜利沙だ。
紘美は気持ち悪さを我慢し、廊下へと出た。
亜利沙が近づいてくる。
「向こうで話しましょう」
そのまま二階の奥、屋上へ行くのとは逆へ向かった。

そこには背の高い観葉植物と、少し低めのパーティションがちょっとしたスペースを作っている。内側には低いテーブルがあり、その片側にだけソファーが備えられていた。

自動販売機でもあれば立派な休憩所だ。

亜利沙はソファーに座ったが、紘美は横並びで座る気になれず、対面に立っていることにした。

「紘美だったのね。まぁ、いいけれど」

亜利沙は微笑む。

紘美は思わず鼻でため息をついた。

「なんか亜利沙、嬉しそうにしてない？　最初はあんなに騒いだのに。水谷と殺し合わなきゃいけないのに」

それでも、亜利沙の微笑みは崩れない。

「気づいてないかしら？」

「なにが？」

「自称予言者がふたりで、そのうちひとりは彼なの。最初は彼がもうひとりの人狼かな、と思ったんだけれど。でもさっき紘美が出てきたから。彼はたぶん狂人」

なにを言っているのだろう？

「それ……狂人かもしれない、ってだけだよね？　本物の予言者かもしれない」

彼女は首を横に振る。

「違うと思うわ。言ったわよね？　運営側は常にゲームが面白くなるような演出をするの。運命のふたりが手を取り合ってゲームに勝利するって、最高でしょう？」

「逆も言えない？　運命のふたり、かどうか知らないけど。亜利沙と亜利沙の好きな水谷が、人狼と予言者に分かれて戦う。それを見て楽しむつもりなんじゃない？」

それでも亜利沙は微笑み続ける。

「違うわ」

「なんで？」

「なんでも」

可能性を示唆しても、彼女は自分に都合のいい話しかしない。

本当に亜利沙の目は曇ってしまった。

これで勝てるのか……？

氷のような刃を持つナイフを見つめる。

いや、待て。

辻の提案を忘れている。

そうだ。誰も死なないようにするのではなかったか？

それなのに、亜利沙はなんと言った？

「ねえ。いま勝利するって言った？」

彼女は不思議そうに首を傾げる。

「言ったわよ」

「でも、とりあえず辻の提案には乗るよね？　今夜は用心棒に守られてる、馬渡を襲撃する」

亜利沙は満面の笑みを浮かべる。

「しないわよ」

「ちょっと！」

思わず大声を出してしまった。

辺りを警戒するが、皆の個室まで距離がある。

先ほどのやり取りで正体を知られたりはしないだろう。

亜利沙は気にしていないようで、話を進めた。

「あの女をぶっ殺すに決まってるわ。もうね、まどろっこしいことはやめたの。あの女、ほんとに、視界に入るだけでむかつく。一秒でも早く死んでほしいの」

亜利沙は、彼女のナイフを掲げ、その刃をじっと見つめた。

「せっかく自分で殺《ヤ》るチャンスなのだから、やらなければね」

「ダメ！」

紘美の怒りを亜利沙は理解できないでいるようだ。

「なんで？　賞金いらないい？」

「いらない！」

亜利沙は微笑むことをやめ、軽くため息をつく。

「紘美、ほんと優等生よね」

「……え？」

亜利沙はナイフを重力に任せるように回転させ、勢いよくテーブルに突き立てた。

「気づいていたわ、これが始まる前も。例えば……彼があの女に告白して。そのあとで、メッセージをばらまいた馬鹿がいたでしょう？」

水谷は長文のSNSメッセージをスマホで送信し、ルナに告白をした。

その水谷のスマホを勝手に使い、大勢の人に告白文を流出させた事件があった。その主犯が……

「……越智とか東とか」

「他にも数人」

紘美は関係者を見つけ出し、水谷に謝罪させたことがある。

亜利沙はまさにその話をした。

「そいつらに謝罪させたりとか。ああいうの、素直に感動した」

「あれはべつに……」

人の純情を弄《もてあそ》ぶ輩《やから》が許せなかったのだ。

正しいと思ったことをしただけ。

それでも感動したと言われると嬉しくなる。

しかし、亜利沙の表情はナイフのように冷たくなった。

「でも、偽善よね。本当は凡人で、気が向いたときだけいい人ぶってる」

唐突な一言に、今度は紘美の表情が氷つく。

「なんで……？」

そんなつもりはない。

常に正しいと思うことをやるように、心掛けていた。

亜利沙は続ける。

「投票とか襲撃先にしてもそう。本当に誰も殺したくないなら、自分が人狼だって言えばよかったのよ。自分は約束を守る、用心棒に守られた相手を襲撃する、夜に誰も死なないようにする、だから自分を吊らないでくれって」

考えないわけではなかった。

思わず言葉に詰まる。

亜利沙は机に突き立てたナイフに足をかけた。

「でも言わなかったわ。自分は安全なところに隠れたままで、みんなで助かろうとか。笑っちゃうわね」

「……それは、そうかもしれない」

否定したかった。だが、否定できない。

胸の中にも鉄の輪が仕込まれたかのように締め付けられ、苦しくなった気がした。

「あたしは今夜、ルナを殺すわよ。偽善者の言うことなんか聞かない。邪魔するなら紘美を殺す。『人狼は誰かひとりの部屋を訪れ、相手を殺害してください』というルールだから。ちょっと間抜けだけれど、いまから紘美の部屋に行って、『はい訪れました』って言って、戻ってきて、これをそこに突き刺すこともできるわ」

亜利沙は可憐《かれん》に微笑むと、足で引き倒したナイフを小さな手で摑み、引き抜いて紘美の胸に向けた。

「それでいい？」

今夜、ルナを殺さなければ、死ぬのは紘美。

要約すれば、そういう意味だ。

ルナを殺す……

紘美は前回のゲームの途中、彼女と約束をした。

彼女の部屋で、ふたりきりで。

——絶対に生き残って、勝って、こいつらの正体を突き止める。ほんとに賞金が出るなら……こいつらがそういうことをしてくれるなら、そのお金を使って、探偵でもなんでも雇って、ちょっとでも情報を摑んで、警察に逮捕させる。絶対に報いを受けさせる！

だから、どちらかが生き残ろう。

敵対したなら、そのときは遠慮なく吊ろう。

けれど、だからと言って簡単に殺していいわけではない。

それに、選択肢は他にもある。

「……わたしが今、亜利沙を殺して、明日みんなにぜんぶ告白する、という方法もあるよ。それで、あらためて誰も死なない状態を作る」

フフフと、亜利沙は笑った。

「もちろん抵抗していいわ。人狼同士の争いは暴力にカウントされないから。どっちかが死んだ時点で襲撃成功になる。ただ、あたしを殺したあとで、自分は最後の人狼だって言っちゃうわけよね。ほんとに信じられる？　みんなは、紘美を吊れば勝ちになるのよ？」

それも考えた。

だが、紘美を吊らない可能性もある。

「……もう一戦したくないなら、協力してくれると思う」

今度は鼻で笑われる。

「あの女だけは違う。あいつは即座に解放されて、しかも一億。紘美に入れない理由はないと思わない？　誰だって、勝てるときに勝つわ」

ルナの時折みせるやりすぎのきらい。

彼女を信じれば信じるほど、自分は殺されると思えた。

ルナとかわした『敵対したなら遠慮はしない』という約束。

「あたしが紘美を殺しても、その逆でも、みんなは普通に投票を始めるわ。選択の余地はないのよ」

その通りだ。

ここで死人を出せば、全員が『人狼は裏切った。殺し合う気だ』と考えるだろう。

それなのに投票を拮抗させ、処刑では誰も死なないようにするなど、村人側の自殺と言っても過言ではない。

だから今夜、襲撃で死人が出たのなら、村人側は処刑で投票せざるを得ない。

そうでなければ人狼は減らないのだ。村人側が勝てないのだ。

頭ではすぐに理解できる。

だが、感情が納得しない。

「どうするのかしら？　あの女を殺す？」

なんとか回避する方法はないか？

殺さなくて済む方法はないのか？
考えたが、紘美の出す答えはすべて同じだ。
やらなければ、殺される。
生きるためには、殺すしかない。
紘美は、頷くしかなかった。
ルナを殺すことに同意したのだ。
これが、生きるための選択。
正しい道筋。
感情よりも、もっと強い力を持つ、生存本能が選んだ答え。
気持ち悪くて吐きそうだ。
「決まったなら、さっそく行きましょうか。初めての狩りに」
亜利沙は紘美に背を見せて歩き出した。
それはあたかも『襲いたくば襲ってみろ』と言っているように見えた。
紘美はナイフの柄を握り締める。
だが、どうしても彼女にナイフを突き立てられなかった。

当然ながら、廊下は静かなものだった。

聞こえてくるのは外から聞こえてくるフクロウと虫の鳴き声。

そして亜利沙の軽やかな足取りの音だ。

まるでショッピングでも楽しんでいるかのよう。

ルナを殺せることが、心の底から嬉しいらしい。

じきに部屋の前にくる。

紘美は何度も心の中で謝った。

一方で必ず運営に復讐するのだと、強い決意を新たにする。

ところが、いざルナの部屋の前にくると、亜利沙の様子が変わった。

小さな顎に人差し指を当て、そのままゆっくり奥へと進んでいく。

「……どうしたの?」

紘美は小声で聞く。

「気が変わったの。いきなりあの女を殺したら、あたしが人狼ってバレるじゃないの」

それは、その通りだろう。

ルナが死ねば水谷が真っ先に亜利沙を疑う。

亜利沙はきっと「自分に罪を押し付けようとする人狼の罠だ」などと言って回避しようとするだろうが、水谷が止まるとは思えない。

それに亜利沙は、全員をこのゲームに巻きこんだ黒幕だ。

亜利沙を吊ることに反対する人は少ないはず。

この土壇場で亜利沙は冷静さを取り戻したのだろう。

そんな彼女が次に標的にしたのは、一番奥の部屋だった。

「……でも、なんで辻？」

辻遊馬はメッセージ流出に関わっていない。むしろ当時は水谷のことを心配していた。

「べつに。ただ、こいつも偽善者ではあるのよ。あのメッセージが広まったあと、あいつ、彼にすごいまとわりついていたの」

それは、心配したからこそでは？

同性であろうと水谷に近づく者は、亜利沙にとって敵ということなのだろうか？

「SNSで告白とかだめだ、男なら直接言いにいけ、とか。そういうアドバイスしてたみたいね。彼は迷惑がっていたのに。自己満足と偽善の典型」

ものは言いようだ。

「本人はよかれと思ってやってたんでしょ。なにもしないよりいいじゃん」

亜利沙は舌打ちをした。

「だから、それが自己満足なのよ」

なんの心構えも整わぬうちに亜利沙はドアを押し開けた。

開いてしまったと、紘美は焦ってしまう。

中では辻が呆然《ぼうぜん》と立ち尽くしていた。

体を動かしていたのだろうか？

少しだけ汗ばんでいるようだった。

亜利沙が一歩、部屋の中へ踏みこむ。

「こんばんは」

そしてナイフを掲げて見せた。

小さな暗殺者に、辻は後ずさる。

「おまえかよ……」

亜利沙は身長一四〇センチあまり。紘美も一六〇と少し。

対して辻は一八〇近くある。

力もかなり強いだろう。

そんな彼が気圧《けお》されるのは、亜利沙がナイフを握っているからに違いない。

「そうよ」

さらに亜利沙は一歩進む。

紘美もドアを閉めるために部屋の中へ踏みこんだ。

「おまえら……」

辻の後ろにあるのは窓くらいだ。

逃げ場はない。

なぜかそのとき、亜利沙はゆっくり屈んだ。

なにをしているのかと思えば、ナイフを床に置いていた。

意味がわからない。紘美は戸惑わずにいられない。

それは辻も同じらしい。眉間に皺を寄せながら亜利沙とナイフを交互に見ている。

さらに困惑したのは、亜利沙がそのナイフを蹴って滑らせ、辻の足元に運んだからだ。

「……亜利沙？」

辻も警戒している。

「なんだよ……？」

亜利沙は肩を竦め、両手を広げてみせた。

「あたしたちと戦って、勝ったら生き残れるわよ」

なにを言い出すのだ？

辻は確か剣道部。いや、陸上部だったかもしれないが、どちらにしろ体力があることに間違いない。

もし、辻が本気で襲い掛かってきたら間違いなく勝てない。

彼がナイフを取らない理由などあるだろうか？

実際、亜利沙を警戒しながら辻は屈み、ナイフを拾った。

大きな体の辻が持つと、ナイフが縮んだようにも見える。

だが、ナイフの持つ圧力は増したように思えた。

「ちょ、ちょっと……」

亜利沙を見るが、彼女は焦ってもいない。

なにか考えがあるに違いないが……

辻の呼吸が荒くなる。

そして辻は覚悟を決めたのか、ナイフの柄を強く握り、一気に踏みこんできた。

「亜利沙！」

小さな声で叫ぶ。

ナイフが亜利沙に届こうとする瞬間、辻の動きは鈍くなる。彼は大きな手からナイフをこぼした。

「あ、が……！」

なにが起こったのか？

彼はうつ伏せに倒れ、一生懸命に首輪をどうにかしようと摑んでいた。

亜利沙の足元でのたうちまわる。

みる間に顔が赤くなっていく。

「襲撃対象が抵抗した場合は、自動的に首輪が締まるの。人狼が死んだらゲームが台無しだから。あとは、人狼の名前を叫んだりした場合も、同じことが起きるわ」
背筋に冷たいなにかが走った。
今、亜利沙の名前を呼んだのも危険だったのだ。
思わず紘美は首輪を触る。
下手をすれば辻と同じようにもがき苦しんでいたかもしれない。
その辻は仰向けで身をよじっている。ただ、かなり動きが鈍くなった。
意識が遠のいているのだろう。
「貸して」
亜利沙が紘美に手を出してくる。
彼女のナイフは辻がのたうち回っている間にどこかへ行ったらしく見当たらない。
紘美は、そのナイフを探そうとした。
しかし、亜利沙にナイフをひったくられてしまう。
彼女は迷うことなく辻にまたがった。
そして逆手でナイフを持ち、残る片手を柄尻に当てる。
「ばいばい」
その一言と共にナイフが辻の体に突き立てられた。
「がっ！」

みぞおちに埋まる刃。
白いシャツに赤い染みが広がる。
その瞬間、大きく痙攣し、辻は動かなくなった。
また、尿が漏れ出している……
人は死ぬとき、こんな風になるものなのか？
いや、なにを観察しているのだ。
今、亜利沙が人を刺した。
自らの手で人を殺したのだ。
ナイフで、皮膚を切り裂いて、内臓を傷つけて、殺したのだ。
彼女はゆっくりとナイフを抜いた。
傷口から血が溢れ出し、辻の白シャツが赤く染まっていく。
「ふぅ……」
亜利沙はナイフに着いた血を辻の衣服で拭うと、紘美に持ち手を差し出した。
「これでもう、仲良しごっこは終わり」
爽やかな笑顔。
どうしていいのかわからなかった。
頭が働かない。

けれど、気が付けばナイフを受け取っていた。
亜利沙はそのまま紘美の傍を通り抜け、ドアの陰に落ちていたナイフを拾いあげた。
紘美は辻を確認する。
そこには、辻だったものが、ある……
抜け殻だ。
中身はどこへ行ったのだろう。
……それとも、そんなものは存在していないのか。
どちらにしろ、ここにいるのは苦しい。
紘美も部屋を後にした。
亜利沙は堂々と自分の部屋に戻ろうとしている。
なぜ、こんなことができるのだろう。
人の命をなんだと思っているのだろう……？
「……ねぇ」
まともに亜利沙と話せる気はしなかったが、聞いておきたいことがあった。
「うん？」
普段と同じ様子で亜利沙は振り返る。
まるで学校の休憩時間だ。

「……わたしが偽善者じゃなかったら、協力してくれたの？　誰も死なないようにして、助けを待つ計画」

亜利沙は優しく微笑む。

「しないわよ。するわけないじゃない」

気持ち悪い。

やはり亜利沙はおかしい。

受け入れられない。

異常だ。

心が壊れてしまっている。

だからと言って、殺せない。

しかし、こんな相手であっても、組んで生き残らなければならない。

そう思うと自分を殴りたくなる。

情けない。

改めて自分の正しさは殺されてしまったと感じる。

立ち尽くす紘美を置いて亜利沙は自分の部屋へ戻った。

紘美は叫びだしたい衝動を、歯を食いしばることによって我慢した。

第二章

○§○

背の高い生垣に囲まれた古い一軒家だった。

玄関の引き戸は細い格子状のもので、強い風で破られてしまいそうなほど頼りない。

名倉は単純に洋風のドアの方が見栄えする上に、頑丈だと考えていたため、いつも親に改装をねだっていた。

中学生の頃の話だ。

今は市内の官舎で一人暮らしをしている。しばらく実家に帰る予定もなかった上に、今は大きな事件の捜査中だ。

だからこそ、目の前の光景は夢だとわかった。

いわゆる明晰夢《めいせきむ》だ。その気になれば夢の内容を自分の意識で変化させられる。

なにが出てきても驚きはしない。

そう思っていたが、玄関から彼女が出てくると、名倉の胸は竦《すく》んだ。

彼女は新品のブレザーとスカートを着ていた。

後ろ髪をくくり、満面の笑顔で「どうだ、似合うだろう？」と声をかけてくる。

これは、彼女が高校一年生になる春の日の思い出、そのままだ。

「朔太郎も新しい学生服、似合ってるぞ」

そう言われて初めて、名倉は自分の衣服を見る。

学ランだった。

ただ、袖口がほつれ、汚れている。右袖のボタンも取れたままだ。

新しい学生服と言われたのに。

彼女と自分の時間軸がズレている。

無性に泣きたくなったが、なぜかはわからない。

悲しみなのか、悔しさなのか、怒りなのか、申し訳なさなのか……

「でも、もうお前も刑事だもんな。学生服は卒業か。ずいぶん立派になったなー」

――あなたを、救えなかったから。

「気にすることじゃないよ。朔太郎にはどうしようもなかった」

――どうしようもなかったでは、すまないんです……だって、あなたは帰ってこなかった……

帰ってきたのは、命が失われた体だけ。なにかの事件に巻きこまれた。それしかわからず、犯人の特定もできていない。

行方不明になってから、三ヵ月も後のことだった。

「その分、いっぱい悲しんで、いっぱい怒ってくれたでしょ？」

——でも、それじゃあ、遅すぎるんです。

「……ごめんね。帰れなくて」

——謝らないで。謝らないでください……こっちこそひとりにして、ごめなさい……姉さん。

「……こっちこそだよ」

姉の幼い顔は、困ったように微笑んだ。

——そんな顔を、しないでください。

なぜ、自分が泣きそうになったのか、理解した。

夢の中でとはいえ、会えて嬉《うれ》しいのだ。

だからこそ、彼女を困らせたくない。

どうしたら、明るい気持ちで微笑んでくれるのだろう？

「もう、行かなくちゃ」

けれど、別れを切り出された。

「朔太郎にはできることがある。あたしは、ちゃんと知ってるからね」

頑張れとは言わない。
頑張っていることを知っているからだそうだ。
変わらぬ姉。
大きく手を振って、道とも言えぬ白い空間へと歩いていく。
また姉が帰ってこないのでは？
そんな不安に襲われた。
だが、当たり前のことだ。
彼女はもう、死んでしまった。帰ってこない人間なのだ。
実感すると、名倉の胸に大きな穴が空いたような気がした。
ただ、なぜ彼女は夢に出てきたのだろう？
今、名倉が担当している事件が、彼女の状況に少し似ているからだろうか？
それとも、会いに来てくれたのが、たまたまこの時期だっただけだろうか？
いや、夢は自分の無意識と関係している。
まして自分で夢の内容を変えられる明晰夢。
事件を早く解決しろと、もうひとりの自分が自分を追い立てているのだ。
だから、姉の姿も言葉も自分が作ったに違いない。
それでも、涙が流れた。

喜びの気持ちに嘘《うそ》はない。

俯《うつむ》くと、体が地面に沈んでいくような感覚を覚えた。

この夢から覚めるのだと、わかってしまった。

*

細かな振動が頬に伝わってきた。同時に電子音が聞こえる。

名倉は目を開けると発信源のスマートホンを鼻先に見つけた。

片手でスマホを操作し、音と振動を止めてからやっと重たい体を起こす。

警察署内。しかも、自分が所属する生活安全部、地域安全対策課の決して大きくはない部屋の中だ。

どうやら机で眠っていたらしい。

浅い眠りだったために夢を見たのだろう。

右側を見ると、照屋が床で横になっていた。署内の備品である毛布をかぶっている。

他にも眠っている捜査員が数名。慌ただしく動いている者も見られた。

名倉は机の上の時計で時刻を確認する。

八時前だ。いつから寝ていたのだろうか?

長く眠ってしまったようだと、反省する。

ともかく、事件は大詰めを迎えている。油断して捜査が遅れた分だけ、学生たちを助けられる機会を失っているかもしれない。

そんなことは許されない。

人が死ぬ前に助け出す。

それこそが、自分の所属している地域安全対策課の誇りなのだから。

名倉は目をこすりながらパソコンをスリープ状態から起こし、メールをチェックする。

そこには待っていた返事があった。

送り主は不動産関係者。

前日、協力要請の電話をかけた会社の社員だ。

嬉しい報《しら》せ。

名倉は机を離れ、寝ている照屋を揺り起こした。

「照屋さん」

「う、うぅ……？」

「起きて」

蛍光灯がまぶしいのか、照屋は顔をしかめながらも上半身を起こす。

「……何時っすか？」

「もう八時です。それより、問い合わせをした業者から返事がありました。昨日の深夜に見てくれていたようです。例のＤＶＤに映っていた建物、覚えがあると」

照屋の目が見開いた。

「どこっすか？」

「隣県ですね。ですが、三時間もかかりません」

ほとんど県境だ。

「読みどおりっすね。行きますか？」

「はい。ただ先に県警に連絡を入れて、近くの警察署からも向かってもらいましょう。一刻を争います」

昨日のうちに名倉達も県境にある建物には、目を着けていた。

映像からわかるのは人里離れた場所であるという点と、山に囲まれた保養施設だと言う点。

しかし、それだけでは絞り切れなかった。

だが、専門業者がリストアップしてくれるなら話が違う。

あとはひとつずつ調べていくだけだ。

照屋は立ちあがり、椅子に掛けてあったスーツに袖を通すと大声をあげた。

「おっしゃあぁぁ！」

名倉も胸の中で同じように叫び、気合を入れる。

∀‡A

死体は語ると、なにかの本に書いていた気がする。

確かに、いろんな証拠が死体には残るのだろう。

だが、それを読み取る力がなければ無意味だ。

相手がいくらフランス語を喋《しゃべ》ろうと、自分にフランス語の教養がなければ通じないのと同じなのだ。

日の光によって空が朝に塗り替えられた頃、クラスメイトは全員、辻の部屋に集まっていた。

越智がいつにない低いトーンで喋る。

「……マジじゃん。死んでるじゃん」

部屋の中央には首輪を摑《つか》みながら死んでいる辻。腹には血が噴出した跡がある。

昨晩、亜利沙が刺し殺して作り上げた死体。

血は黒く変色し、辻の顔は水彩で色付けしたかのように青い。

眼球は前回のゲームの死者ほどではないが突出している。下肢が尿で濡《ぬ》れているのは変わらずだ。

床の血だまりも結構な量だが、テレビのドラマで見るほどではない。

なぜか酸味が加えられたイカのような臭いもした。

利絵が紘美の袖を軽く引っ張る。

「こんなん、ずっと……?」

紘美はゆっくり首を振った。

「前回は、刺し傷なんてなかった……朝になったら、首輪に殺されてるだけだった」

亜利沙が無表情で語る。

「毎回趣向は変わるから。あいつら、ゲームを微調整するのね」

黒く変色した血だまりをよけながら、亜利沙は奥へ行く。

立ち止まると、顔を上げた。なにかを思いついたらしい。

「……あ、そうか。場所も変えるんじゃないかしら。次は」

なぜそんな考えにいたるのか?

ルナも同じ疑問を持ったらしい。

「どういうこと?」

亜利沙は死体を見つめる。

「前回、今回は同じ場所だから、床が汚れないように出血量は少なかった。だから殺させなかった。でも次は別の場所だから気にせず汚していいから、素人に殺させてる……みたいな感じかしら？」

だとしても、ゲームが終わった後に掃除はするだろう。

運営組織が証拠になりそうなものを残すとは思えない。

越智は頭を抱えている。

「……どうすんだよこれ。こいつ」

そんな彼の背中をさすりながら舞は疑問を口にした。

「……埋めたりすんの？」

紘美が返事する前に小笠原が答えてくれた。

「無理だよ。建物から出られない」

舞は眉をひそめる。

「ならほったらかし？」

利絵は辻だったものに手を合わせている。

「……とりあえず毛布はかけてあげたい」

亜利沙は検分を終えたとばかりに出入口へ戻ってきた。

「だいたいそうしてるわね。他のゲームでも。それか玄関先に投げ出すか」

誰かの目に止まるように、だ。

前回は一貫してそうだったので玄関先に投げ出すのが当たり前のように思っていた。それが他のゲームでは違い、毛布をかけて終わらせているのかと、妙に感心する。むしろ、供養のためには投げ出すよりもいい。

紘美は、いかに自分の頭が働いてないか思い知った。

一方で亜利沙に対して嫌悪感が増す。

いくつもの例を出せるほど、彼女はこのゲームを見ているということだ。

利絵も同じことを感じたせいか、それとも単純に亜利沙の冷たい物言いのせいか、腹を立てたようだった。

「よう平気で言えるね。そんなん」

亜利沙は肩を竦める。

「あたしがやったわけじゃないもの。知ってることを教えてあげてるだけ。いらない？」

知らないよりは知っている方が。

誰もがそう思ったのか、反論はなかった。

「……人狼は裏切ったんだ……」

ぽつり呟《つぶや》いたのは小笠原だった。

「……用心棒に守られた馬渡じゃなく、辻を殺した」

越智は触発されたのか叫ぶ。

「そうだ。そういやそうだ！　なんだよ。おめえの提案、ぜんぜんダメじゃん！」

怒りの矛先は紘美に向いた。

「……ごめん」

紘美は謝るしかなかった。亜利沙が壊れていたせいでもあるが、自分が止められなかったせいでもある。

擁護してくれたのはルナだった。

「辻くんの提案でもありました」

皮肉るのは馬渡だ。

「その辻が死んでんだから、世話ねぇな」

紘美は死体になった辻を改めて見る。

助けられなかった。

亜利沙は鼻で笑う。

「人狼からのメッセージじゃないの？　提案なんか知るか、ぬるいこと言ってる奴は殺す、ってね」

馬渡は冷静だった。

「ま、そうだろうな」

冬が近づいてきているのか、紘美は少し肌寒さを感じていた。

結局、死体はベッドに寝かせておくことになった。

死体を持ち、玄関まで運ぶことに男性陣が消極的だったことが一番の理由だ。

部屋の掃除もしないことになった。

掃除しても血の跡が取れそうになかったからだ。固まったタンパク質は酸性やアルカリ性の洗剤を使う必要があるらしい。

石鹸《せっけん》なら掃除できると提案したが、誰も乗り気ではなかった。

そこまでして掃除しても、誰も部屋を使わないためだ。

臭いの心配はあったが、死体が腐る前にこの建物を出るか、死んでいるかのどちらかだと亜利沙が一蹴した。

掃除という作業がないことに、紘美は不安を覚えた。

なにか作業があった方が、少しでも嫌なことを忘れられる。

逆に作業がないと、空いた時間だけ考え事をしてしまう。

自分だけでも掃除しようかとも考えたが、死体と同じ部屋にひとりでいるのは避けたかった。

「……また、やるしかないね」

隣からルナの声。

気が付くと紘美は食堂にいた。

辻以外の全員が揃《そろ》っている。

一同を見回した後、紘美はルナの顔を見て頷《うなず》いた。

「……うん。そうだね。戦う以上は、負けないよ……」

ぼんやりしている場合ではない。

生きる意志を失えば、あの壊れた殺人鬼に——亜利沙に食い殺されてしまう。

紘美はテーブルの対角にいる亜利沙を睨《にら》んだ。

「……前に言ったとおり。この犯人も捕まえるし、亜利沙も逮捕させるし……」

そしてルナを見つめる。

「ルナも、先生とのことは、償うべきだと思う」

彼女はゆっくりと頷いた。

「うん。わかってる」

その悲し気な表情には、後悔と懺悔《ざんげ》が見てとれた。

ルナは、やはり幼い頃から知っているルナなのだ。

本当は素直で、感性豊かで、純粋で、おしとやかだけれど、表には出てこない。

確かに、感性豊かで純粋だからこそ、愛憎に左右されやすいのかもしれない。

表に感情が出ないからこそ、相手を誤解させるのかもしれない。

二神を殺《あや》めてしまったことも、ボタンの掛け違えのようなものだったに違いない。

壊れている亜利沙とは違う。

友達である彼女を、大切にしたい。

けれど……今回、ルナが狂人でない限り殺し合うしかない……

ダメだ。

意識に霞《かすみ》がかかろうとする。

本能が考えたくないと拒絶しているのだろうか？

小さく首を振り、意識をはっきりさせる。

その傍ら、利絵が話を進めた。

「予言者、舞やんね？」

「うん。あたし」

「結果は？」

舞は越智を見て微笑む。

「越智は、村人側だった」

対して越智は表情を歪《ゆが》めた。

「おい、疑ったのかよ？　彼氏だぞ？」

舞も同じように渋面した。

「違う。むしろ白って確認して、吊《つ》られないようにしてあげたんでしょ？」

誤解は一瞬にして溶けたらしく、越智は苦笑いした。

「おお……そか。サンキュー」

「馬鹿」

ふたりは、どうして付き合い始めたのだろう？

仲睦まじそうに見えるふたりも、誤解を重ねていくと殺し合うようなことになるのだろうか？

そしてもう一方のペアも動く。

水谷が手を挙げる。

舞が鋭い視線を送ったが、彼はまったく気にしていないようだった。

「僕も同じ。浅見さんは吊られてほしくないから、予言者の能力で確認した。村人側、で間違いないよ」

ルナは心底安心したのだろう。自然と笑みがこぼれていた。

「ありがとう」

舌打ちしたのは当然、亜利沙だ。

利絵は意に介さずゲームを進める。

「霊媒師はどない？」

馬渡は腕を組んだまま答えた。

「なんもねえぞ？　昨日、誰も吊ってねえだろ」

「そっか」

霊媒師が見れるのは『直前に処刑された人物』の正体だ。

夜に殺された人物の正体はわからない。ただ、見るまでもなく、よほどの間違いがない限り夜に死ぬのは村人側だ。

ともかく、これでまた投票先が絞られた。

役職を語る舞、水谷、馬渡を除外。

そして白出しされた越智とルナも一旦は除外。

すると……

まずい。

投票先の候補は利絵、小笠原、亜利沙、紘美の四人。

二分の一の確率で人狼が吊られてしまう。

今だ。

今、仕掛けなければ、手遅れになる。

亜利沙を見るが霊媒師を騙《かた》ろうとする気配はない。

それは正解だと、紘美は思った。
亜利沙は皆をこのゲームに巻きこんだ黒幕のため、全員から恨まれているはずだ。
その亜利沙が対抗カミングアウトなどすれば目立ってしょうがない。
当然、本物の可能性もあるため、皆には迷いが生じるだろう。
しかし、本物の霊媒師であっても吊りたいと考える者が出てきてもおかしくない。
危険な行為だ。
だとすれば亜利沙よりも、紘美が霊媒師を騙る方が安全だろう。
しかし、上手くできるのか？
不安しかない。
だが、やらなければ。
紘美は大きく息を吸いこみ、ゆっくりと吐く。
「……ああもう！」
悔しそうに、できるだけ怒りをこめてテーブルを叩《たた》く。
突然の音によって全員の視線は紘美に向いた。
皆、驚いた表情をしている。
越智が半笑いで問いかけた。
「なに？」

この先を口にすれば、目立たずにゲームを進めることはできなくなる。

だが、やるしかないのだ。

「昨日は言わなかったけど、わたしも霊媒師を引いた。ていうか、わたしが引いた！」

一瞬、食堂が静まり返った。

状況をまとめたのは利絵だ。

「……自称霊媒師も、二人目なんや」

反発してくるのは霊媒師をカミングアウトしていた馬渡。

「なんだそれ。いまさらか？　嘘丸出しじゃねえの」

馬渡が狂人の可能性は低い。狂人はおそらく舞か水谷のどちらかだ。

となると、紘美が人狼、もしくは狂人であると彼に知られた。

心臓が口から這《は》い出てきそうだ。

「嘘じゃないよ。知ってると思うけど、昨日はそんなに積極的じゃなかった。ゲーム自体やりたくないって」

気持ちは本当だ。

「でも辻の死体を見て、誰も信じられないってわかって。勝たなきゃいけないなら、言わなきゃいけないでしょ？　わたしが本物で馬渡は人狼か狂人」

「よく言うぜ。昨日のあれも演出か？　人狼さんお願いします、協力してください、みたいなこと言って。自分が人狼じゃねえか」

結果的にはそう見えるだろう。申し訳ない気持ちもある。

しかし、怯《ひる》んではいられない。

全力で馬渡が人狼のように振舞わなければ。

「……想像できるよ。君が嬉しそうに辻を殺してるの」

立花みずきを、暴行したときのように。

激昂するかと思いきや、馬渡は冷静なままだった。

「こっちは意外だわ。おまえみたいな優等生が人殺しとはよ。前回もやったらしいし、やっぱプロか」

人殺し。

わかってはいるが、面と向かって投げかけられると胸が痛む言葉だ。

馬渡を睨む。

当然、馬渡も紘美を睨んできた。

傍らでルナが改めて状況を口にする。

「とりあえず私と越智くんは外れますよね。投票先の候補から」

何食わぬ顔で亜利沙もそこへ混じる。

「あたしも外してね。あたしが人狼なら、真っ先にあんたを殺しているわ」

ルナは鋭い視線を亜利沙に送る。警戒を怠らないようだ。

その態度は正しい。

けれど、紘美は事実を告げられない。

勝つためには、親友を騙さなければならない。

＊

食事を摂った後は、皆が思い思いに過ごした。

紘美は人狼側の不利を軽減するために霊媒師を騙ったものの、警察に見つけてもらうことをあきらめたわけではない。

屋上へ行き、遠くを眺める。

林に囲まれているものの、道らしいものは見える。車が通るかもしれない。

しかし、前回のゲーム中、車は一台も通らなかった。

集落のように見える場所は、ひょっとしたら廃村なのかもしれない。

だとしたら、脱出など不可能のように思える。

陸の孤島というものだろうか？

こんな場所を、一体どうやって警察は見つけるのだろう？

意外にこんな条件の場所は少ないかもしれない。

だったら特定が早いかも？

なら、もう来ていてもいいではないか。

それが来てないということは……

ポジティブな思考とネガティブな思考が交互に押し寄せる。

だんだんと疲れ、ネガティブな思考が勝ちそうになったが、力を振り絞ってまだ希望はあると自分に言い聞かせた。

あきらめてはいけない。

そんなとき、後ろでドアが開く音がした。錆《さび》のせいか、悲鳴のように聞こえる。

振り返ると、亜利沙がこちらへ向かって歩いていた。

彼女は隣に並び、空に漂う雲を見つめた。

「積極的じゃないの。霊媒師を騙るとか」

その話は、できれば昼間にしたくない。

誰かに聞かれていたらどうするつもりなのだろう。

けれど、ドアは少しでも開けば錆のせいで悲鳴を上げる。誰かがくれば、すぐにわかるだろう。

ドアが閉まっていることを確認すると、紘美は亜利沙の相手をした。

「まだあきらめてないよ。誰かが見つけてくれるはず、とは思ってる。でも、亜利沙が言ったことも当たってる。死んだら意味ない。あたしは生きて、亜利沙を警察に突きだす。そのために、矛盾するみたいだけど、全力で亜利沙を守る」

亜利沙は爽やかに微笑んだ。

「その意気」

亜利沙の様子に違和感を覚える。

「……機嫌いいね。水谷がルナに白出ししたのに」

亜利沙はゆっくり首を横に振った。余裕を感じられる。

「彼はあの女に洗脳されているの。あの女を守ろうと必死。その状態で予言者を騙って、相手に白出しするとか、いかにも狂人らしいじゃない」

また目の曇った考え方をしている。

「だからこっち側の陣営だろう、あたしたちが勝てば彼も生き残れるって？」

「そういうことよ。それにね、あの女が汚らしい死に顔をさらせば、呪縛も解けるはずだから」

愛しい人の汚い死に顔を見て、嫌いになる？

どういう理屈なのかよくわからない。

亜利沙の恋の病は重病だ。

「ねえ、訊《き》いていい？　なんで水谷くんなの？　悪く言う気はないけど。そんなに格好いいかな？」

亜利沙は目を瞑《つむ》って俯いた。

「……格好いいとかではないわ。彼は、優しいの……」

なにを言っているのだ？

「優しい人、他にもいない？」

亜利沙は激しく首を横に振る。

「彼は本当に優しいの。ピュアなの！」

なにがあれば、そんな風に思いこめるのだろう？

「そんなに親しかったっけ？　同じ中学？」

もう一度、亜利沙は首を横に振る。

高校で出会ったらしい。

「彼は、八百屋さんでバイトしていて、いつもいろいろ教えてくれるのよ。選び方とか。合う料理とか。料理のやり方とか」

八百屋？

選び方？

想像もしなかった単語に思考が追いつかない。

呆気《あっけ》に取られてしまった。

「……それだけ？」

紘美の反応が不満なのか、亜利沙は少し頰を膨らませた。

「そんなの、他の男には無理でしょ？　……あいつとか」

亜利沙の視線を追うと、そこには監視カメラがあった。

「……あいつって、犯人のこと？」

返事はない。

知らぬ間に亜利沙は遠くを見ていた。

「……付き合ってたの？」

だから、内情に詳しい？

確かに、ただの知り合いに細かなことを犯人が説明するとは思えない。

亜利沙はか細い声で呟いた。

「……水谷くんは、ピュアだよ」

○§○

名倉は照屋の運転する捜査用車両で県境の山中へと向かっていた。

少し荒い運転のためカーブのたびに体が揺れる。

それだけ急いでいるのだ。名倉は窓の上にあるアシストグリップを握り、体の安定を計る。

街中を抜け、田畑が広がり、道の間近に山が迫ってきた頃、名倉のスマホに着信があった。

捜査に協力してくれている地元の制服警官からのものだった。

『現場に到着しましたが、それらしい人影はありません。ただ、使用されたような痕跡はあちこちにありますし、建物自体は映像の特徴と一致しています。ここで間違いないかと』

「……そうですか、わかりました」

『どうされますか？　こちらに来られますか？』

「ええもちろん、見せてください。手がかりはあると思いますので」

『わかりました。では目ぼしいところの撮影だけは済ませておきます』

「お願いします。では、またのちほど」

通話を止めると、大きくため息をついた。

照屋は不安そうにこちらをチラチラ見てくる。

「外れっすか？」

「……半分外れ、半分当たりですね。いまは無人ですが、映像にあった場所なのは間違いなさそうです」

「嫌な予想が当たったっすね。今回は場所を変えてる……」

「実際、頻繁に変えてるんでしょう。いちおう見せてもらうことにしました」

「じゃ、このまま」

照屋の運転はさらに荒くなる。

山中の道はほとんど信号がない。普通なら予想より早く着きそうなものだが、カーブのせいでスピードが出せない。地図で見て計算した時間よりも、ずっとかかりそうだった。

ともかく、次の目的地に着くまでの間に、他の保養施設の場所だけは確認しておく。

リストアップされた場所は合計二〇ヵ所。

県境へ向かう主要な道はそれほど多くない。

だが、保養施設の場所はどれも奥地と呼ぶに相応《ふさわ》しい所ばかりだ。

建物によっては谷が違うので一度、街へ下ってから向かう必要があった。地図上の直線距離ではたった五キロ程度でも、走行距離は六〇キロを超えるなどザラにある。

到底、一日、二日では回り切れない。

効率よく、手際よく回らなければ。

スマホが短い電子音を鳴らした。

メールだ。
班分けと、その班ごとに向かう先が記されたリストが添付されていた。
動くのは名倉、照屋だけではない。
他の刑事たちも一緒なのだ。
必ず、間に合うはずだ……
そんなことを考えている間に目的地に近づいたらしい。照屋が車の速度を落とす。
周囲は森。建物は見えない。
ここにあるのか？
一瞬だけ不安になったが、道を曲がり塀と門が見えると安心した。
守衛所もある。門の正面について、やっと中の建物が確認できた。
全体的に白い印象。大きな窓は一見、ブティックを想像させる。
保養施設というだけあって規模もそれなりだ。小さな町の役所よりも広い気がした。
名倉は一目見て納得する。
――これは確かに殺人ゲームを行うにはうってつけかも知れません。
叫んでも近くの集落には聞こえないだろう。
この先は道路も行き止まり。
つまり、この保養施設に用事がある人物以外、近くを通ることがない。

さらに言えば、近隣の集落もお年寄りばかりの過疎地帯だ。

子供が遊びでやってくることもないだろう。

それに今は規制線の張られている門も、普段は閉まっているに違いない。

大人でも乗り越えるのは難しそうだ。

照屋が適当に駐車する。

名倉は車を降りると中へ急いだ。

施設は小綺麗《こぎれい》だった。

ここの管理会社に聞いた話では、ここ一年は掃除をしていないという。

だが埃《ほこり》、汚れが目立たない。

所有者が管理会社を通さずに掃除をしているということだ。

珍しい話ではないかもしれない。だが、人狼ゲームに使われていたという話を知れば、管理会社に掃除を任せられないのは当然だ。

制服警官たちが数人、あちらこちらを調べ回っている。鑑識官もいるようだ。

「ご苦労様っす」

「ご苦労様です」

挨拶をし、名倉も照屋も捜査に加わる。

玄関、ロビー、談話室を軽く覗《のぞ》き、問題の広間へと入った。

リノリウム張りの床に、白い壁。

生活感はない。殺風景にもほどがある。

照屋は広間の中央辺りで屈みこむと、床を指先でなぞった。

「……これ、血の跡っすね」

凝固した血液はなかなか掃除が難しい。

基本がタンパク質のため、湯で洗えば凝固する。水でもなかなか落ちない。アルカリ性、酸性の洗剤やタンパク質を分解する溶剤が必要になるのだ。

当然、念入りに掃除をしているのだろうが、完璧ではないのが人間というものだろう。

名倉は続けて上を見る。

天井にも痕跡が残っていた。

「見てください。今は外されてますが。監視カメラ、元はあそこでしょう」

「っすね……」

わざわざ外しているのは、監視カメラそのものから足がつかないようにだ。

当たり前だが、用心深い。

だからこそ、警察が『人狼ゲーム』の存在に気づくのが遅れたのだ。

他の手がかりは期待できないかもしれない。

だが、調べなければそれもわからない。

壁、ドア、窓。

急ぎながらも念入りに調べる。

しかし、思いのほか綺麗《きれい》に掃除されている。

床の血の跡は、よく残っていたと言うべきか。

他に個室やシャワールーム、給湯室に食堂、トイレと、施設をくまなく見て回ったがこれと言った成果は得られなかった。

鑑識官にも話を聞いたが、今の時点で話せることはほぼないらしい。

詳細に調べればなにか出てくるかもしれない。

どちらにしろ、この場所のことは鑑識官の報告待ちだ。

「ダメっすね。どうします？」

「こういう施設、かなりあるようです」

「片っ端から行きますか。応援は？」

「もう動いてるそうです。数十人規模ですね。割り当ては班長が」

後は時間との勝負だ。

∀‡A

希望は届けられぬまま、夜が来た。

誰かが命を落とす夜だ。

前日のように、投票を同数にして誰も殺さない……というわけにはいかないだろう。

誰かを処刑しない限り、ひとりひとり着実に殺してくる人狼が減らないのだから。

賽《さい》は、投げられた。

白い部屋に黒い一〇脚の椅子。

椅子は円形に並べられ、その中心には鉤《かぎ》のついたロープがあった。

皆がそれぞれ、思い思いの位置に座る。

空いた席はひとつだけ。

壁にかけられた時計の針は七時三〇分を示している。

ゲームの進行を始めたのは利絵だった。

「自称予言者と霊媒師、予言者から占われた人には、今回は投票せえへん、でええやんね」

舞は何度も頷いた。

「いいんじゃない？　本物を吊るわけにいかないし、本物が白出しした相手も大事にしたい」

利絵は状況をまとめる。

「ってことは、投票先の候補は私、亜利沙、小笠原の三人」

亜利沙が吊られてもおかしくない。

もちろん彼女もわかっている。

だからこそ、牽制《けんせい》の一言を入れてきた。

「ちなみに言っておくけれど、あたしはこのゲームのことをよく知っているわ。残しといたほうがいいわよ」

冷静に返すのは利絵だ。

「逆も言える。よく知ってる人が人狼やったら怖い。先に吊るべきかも」

味方なら、人狼なら……正体を知らない者にとっては迷う場面だろう。

現に、どちらかの意見に偏る者はいない。

次に動いたのは馬渡だった。

「それなんだけどよ」

全員が注目する中、彼は小笠原を指さす。

「やっぱそいつ吊らね？」

「はい？」

小笠原は間の抜けた表情をした。

馬渡は話を続ける。

「乱暴云々《うんぬん》の話があったじゃん。あれさ、もうちょっと正確に言うと、カラオケ屋に立花を呼んだのね。で、俺がちょっと脅かす間、こいつは部屋の外で見張りをしてたの。こいつと都築、あと八重樫で」

都築から聞いている。

小笠原は激昂《げきこう》して立ち上がった。

「見張りじゃない。止めようとした！」

それも知っている。

「実際止めてねえし」

結果、立花みずきは乱暴された。

「邪魔されたから！」

それも都築が言っていた。

馬渡は額に皺《しわ》を寄せて首を傾げる。

「ほんとか？　にやついて隙間から見てなかったか？」

当然ながら小笠原は反発する。

「見てない！」

馬渡は鼻で笑った。

「おまえのそういう態度は、俺を一方的に責めてんのは、うしろめたさの裏返しだよ。やましさを押しつけようとしてんだよ」

「違う！」

馬渡は急に亜利沙を指さした。

「そりゃ先にこいつが死ぬべきだ。元凶なんだから。でも、俺はおまえに入れる」

亜利沙に向けられていた指先は小笠原へ向かう。

対して小笠原も馬渡を指さした。

「僕はおまえに入れる！」

空気が張り詰めた。

向けられた指先が多い人物が死ぬ。

ふたりは殺し合いをしているのだ。

それを他所《よそ》に疑問を差しこんだのは舞だった。

「ねぇ。馬渡と亜利沙が人狼ってこと、あるかな」

馬渡が面倒くさいことを言うなとばかり、顔を歪める。

「ああ？」

舞は身を引きながらも首を横に振る。

「だって、明らかに亜利沙を守る発言だもん」

馬渡は舌打ちする。

「なら、おまえは向に入れとけよ。いや、まぁいいや。俺も今回は向に入れるわ。で、明日は小笠原に入れる」

すんなり掌《てのひら》を返した。

利絵も同じ感想らしい。

「あっさり変えるんや？」

「べつに。どっちから先に入れるか、だけの話だろ」

これでは亜利沙が吊られてしまうかもしれない。

ただ、ここで庇《かば》えば自分まで疑われてしまう。

ルナは時計を見たあと、監視カメラを見上げた。

「投票、ですね」

どうするべきか？

迷っていると、右二つ隣にいた水谷が紘美のことを覗きこんできた。

「野々山さんは、もういいの？」

心臓が飛び跳ねる。

亜利沙を庇わなくてもいいのかと、言われたような気がしたからだった。

けれど意図は違うかもしれない。

「……なに？」

「誰も吊られないように、とか」

そちらのことか。

安堵《あんど》とともにため息が漏れる。

「……いい。覚悟、決めた」

じゃあ、と言いだしたのは舞だ。

「準備いいね」

ゆっくりと全員が立ち上がる。

本当はもう少し時間が欲しかった。

誰も吊らないということは無理でも、亜利沙に対する票を減らしておきたかった。

今のままでは亜利沙が吊られてもおかしくない。

しかし、かばう手立ても思いつかない。

もし、亜利沙が吊られたなら、そのときはそのときだ。

ひとりで勝つ方策を考えるしかない。

「——三」

人差し指を立てながら、皆が皆の顔を伺う。

「——二」

止める者はいない。

腕が上がり……

「――一」

一斉に振り下ろす。

馬渡に一票――小笠原から。
亜利沙に三票――ルナ、水谷、馬渡から。
小笠原に五票――紘美、亜利沙、越智、舞、利絵から。

投票の数は、一目瞭然だった。

小笠原は信じられないらしく、呆然《ぼうぜん》としている。

紘美は思わず助かったと安堵した。

やはり亜利沙と言えど、仲間の人狼がいなくなるのは心細い。それに、亜利沙には生きて罪を償ってもらわなければ。

亜利沙の顔を見ようとした瞬間、動いたのは馬渡だった。

席を立ち、中央に置いてあったロープを拾う。

なぜロープを拾ったのか、一瞬だけわからなかった。

しかし、すぐに思い出す。

——そうだ。今回は『処刑してください』……！
自分たちの手で、小笠原を処刑しなければならない。
同じことに小笠原は気が付いたのか、一目散に逃げ出した。
「捕まえろ！」
馬渡の叫び声をきっかけに小笠原の服を掴んだのは越智だった。
小笠原は勢いを止められ床に転倒する。
暴れようとする小笠原の上に越智と舞が乗り、押さえつけた。
一瞬のことだった。
「キャアー！」
目の前で起こった暴力に恐怖したのか、利絵が甲高い悲鳴を上げた。
本当なら、越智と舞の首輪は締まるはずだ。
しかし、ふたりの首輪は反応しない。
暴力が、許されている。
処刑が行われる。
本当に、クラスメイトがクラスメイトを殺すのだ。
紘美はその事実に吐き気を覚える。
頭は混乱し、考えがまとまらない。

ただただ、小笠原が越智と舞から逃れようとしているのを見守っているだけ。

彼が完全に動けなくなったのは、追加で馬渡がのしかかったせいだ。

「これだな」

馬渡は首輪にあった穴に、ロープの鉤をはめこんだ。

次に水谷へ向かって叫ぶ。

「掛けろ！　上！」

天井にはいくつものフック。

水谷は馬渡とフックを交互に見る。

しかし、決心がつかないらしく首を左右に振った。

「僕……」

「はやくやれよ！」

今まで冷静だった馬渡が怒号を放つ。

「嫌だ！　嫌だぁ！」

小笠原は暴れながら泣き叫んだ。

水谷は動かない。いや、動けないのだ。

そう簡単に、人を殺す決心などできるはずがない。

「どいて」

彼を押しのけロープを拾ったのはルナだった。
ロープの長さは充分にある。
たるみを作り、フックへ向かって投げ、ひっかけた。
馬渡がさらに命令する。
「引け！　引け！」
ルナがロープにしがみつくが、思うように引けないようだった。
体重が軽く、力もないのだから当然だ。
馬渡は小笠原から離れ、一気にロープへと飛びついた。
ふたり分の体重がかかる。
一斉に舞と越智が小笠原から離れた。
ついに小笠原が浮き上がる。
その越智と舞も一拍置いて馬渡に加担した。
馬渡は紘美を見ると「手伝え！」と叫んだ。
紘美はためらった。
直接自分の手で、人を殺すのか？
だが、手伝わなければ仲間外れだ。
それは吊られる可能性が高くなるということ。

結局、生き残るためには、殺さなければならない。
それにもう、何人も犠牲にした。
ただ、指をさすか、ロープを掴むかの違いだ。
心臓の音が耳につく。
紘美は震える手で馬渡の背中越しにロープを掴み、引こうとした。
そのとき、生暖かいなにかが頬にかかる。
よだれ？
小笠原を見上げた。
違う。
「ひっ！」
思わぬ光景に紘美は思わず体を引き、尻もちをついた。
馬渡はかまわず叫び、体重をかけ続ける。
「うあああぁぁぁぁ！」
血が滴り続ける中で。
小笠原の口と鼻、そして目から血が大量に流れ出ていた。
小笠原の顔は赤く、眼球を半分ほど飛び出させ苦悶《くもん》の表情を浮かべている。
体が痙攣《けいれん》するたび、口から赤い液体がこぼれ落ちた。

ただの首吊りではこうはならない。

首輪だ。

あれが薬を投与するなり、ガスを注入するなりして、血を流させているに違いない。

前回のゲームのときと方法は違えど、運営組織のやっていることは同じだ。

人の死を汚しているのだ。

なぜ、こんな残酷に殺すのか。

普通に人が死ぬ場面など、見飽きたとでもいうのか？

やがて小笠原に大きな痙攣が訪れ、失禁し、小笠原は抜け殻となった。

しばらくして、彼が動かなくなったことに安堵したのか、全員がロープを離して体を床に投げ出した。

小笠原の死体も、床に落ちて血だまりを作っている。

手伝わなかった水谷でさえ、尻もちをついていた。

立っている者は誰もいない。

言葉はない。

ただ、荒い息の音が部屋の中を満たした。

小笠原の遺体は、彼の部屋へ運ぶことになった。

顔は見れたものではない。紫色の血管が浮いている上に、血がこびりついている。気持ち悪い。

舞がそれを見て吐瀉《としゃ》してしまう。

さすがに掃除をしなければ。

まずは小笠原を男手が彼の個室まで運ぶ。

もう心臓が動いていないからなのか、出血は止まっていた。

ベッドに寝かせて布団をかけた後、全員で広間に戻った。

一階トイレの用具室から雑巾やモップを持ち寄り掃除を始める。

拭いて伸びた血の跡は、不吉な抽象画のようだった。

心と体が疲れ切った紘美は、皆がそうするように部屋へ戻る。

そのまま寝てしまいたかったが、この後は襲撃の時間だ。起きていなければならない。

眠気を覚ますためにも、体についた血を洗い流すためにも紘美は気だるい四肢を無理やり動かし、入浴を済ませた。

そしてまた、人狼たちだけの時間がやってくる。
○時。
紘美は音を立てないよう廊下へ出ると、二階奥の談話スペースへ行きソファーに体を預けた。

眠たい。

しかし、寝てはならない。

しばらくすると、ひたひたと足音が近づいてくる。

亜利沙だ。

おもむろに紘美は感想を述べる。

「……前回よりもきつい……」

彼女はこちらを見下ろした。

「まぁね。わかるわ」

紘美は大きくため息をついて立ち上がると、窓へ向かう。

そこからは夜に沈んだ林が見えた。

「……来ないね」

「救出？　まぁ、来るときは来るんじゃないかしら？」

亜利沙は期待などしていないようだ。

紘美はいまだ希望を捨てられずにいる。だが、すでにふたり死なせてしまったため、あきらめの気持ちが膨らんでいる事実は否めない。

全員が生き残ることは、もうない。

その上、村人は人狼を敵視し、殺しにかかっている。

殺さなければ、生き残れない。

紘美は亜利沙を見た。

「今日はどこ？」

先ほど小笠原が死んだばかりだというのに、もう次の犠牲者の話。

自分に呆れてしまいそうだ。

対して亜利沙の答えは端的だった。

「本物の予言者」

それが誰かはっきりわかっているわけではない。

ただ、亜利沙が本物だと思いこんでいる相手ならわかる。

「……舞」

「そう。あいつもクズなの。水谷くんのメッセージを拡散して、迷惑をかけたしね」

——またそんな理由か。

彼女は『命』の価値を、どう考えているのだろう？

水谷の命は大切にするだろうが、それ以外の命はゴミと同じに考えているのではないか？

亜利沙に強力な兵器を持たせたなら、水谷のために全人類を虐殺しかねない。

紘美は何度目かわからないため息をついた。

亜利沙は振り返り歩き出す。

「行くわ」

つられるように、紘美も足を進める。

「……また、亜利沙がやるの？」

ナイフは、持ってきた。

だが、使う勇気はない。

舞にナイフを突き立てる場面を想像する。

褐色の肌は日焼けしているように見えるが、あれは彼女の地肌だ。

前に言っていた。

――褐色ってだけでサロン通ってるだろとか、ギャルはこれだからって不真面目に見られんの。だったら真面目にやるの面倒くさいっしょ。

紘美もその一言で偏見を持っていたことに気がついた。

反省し、仲良くしてみてわかったが、彼女は明るくて、少し天然なところもあるかわいい人物だった。ただ、他人や意見や場の空気に流されて失敗することもあるけれど、人として間違っているわけではない。

水谷の告白メッセージ流出のとき、謝れと迫ったことがある。

そのとき真っ先に反省し、越智に謝ろうと言ってくれたのも舞だった。

殺したくない。
だが、殺さなければ、死ぬのは自分だ。
彼女が生き残っても……犯人に復讐してくれるだろうか？
いや、死ぬことは考えない。
殺して生き残る。
ただ、自分で直《じか》に手を下すのは難しい。
甘っちょろいと言われるだろうが、できないものはできない……
伺うように亜利沙を見る。
亜利沙は振り向きもしなかったが、一言「やるわ」とだけ言った。
彼女は、自分の手で他人を殺すことに抵抗感がないらしい。
「いいの？」
「いいわよ。あの女を殺すための練習」
あの女とはルナのことだろう。
それにしても、家庭科の実習で魚の調理を引き受けてくれるような軽さだ。
拍子抜けすると同時に亜利沙へ対する違和感が膨らむ。
亜利沙は知り合ったときからこんな人物だっただろうか？
なにかをきっかけに変わった？

だとしたら、亜利沙の『悪意』は、どこから来たのだろう?
気にしたところで、なにも変わらない上に、なにも止められないのだが。
実際に、舞の部屋のドア前に立つ亜利沙に対して、紘美はなにもできない。
亜利沙の手によって開いていくドアを閉めることさえ、できない。
舞はベッドの上に座っており、ネイルアートで彩られた爪を見ていた。
こちらを見る。
彼女は微笑んだ。
「このふたりなんだ」
一体、どういう態度なのか?
亜利沙も不思議に思ったらしい。紘美と同じように眉をひそめた。
舞は立ち上がる。
「待ってたよ。あたしが狂人」
意外な告白。
となると、本物の予言者は水谷なのか?
亜利沙の顔を伺う。
焦った様子もなければ、驚いている様子もなかった。
「ここじゃなんだからさ、ちょっと食堂いかない? いろいろ話したいし」

確かに、ここで話を続ければ隣……は亜利沙の部屋だが、そのさらに隣の利絵には気づかれるかもしれない。

亜利沙は軽く頷いた。

「いいわよ。行きましょ」


深夜の食堂は命の気配がない、静かな空間だった。

食堂全体が保冷庫になったかのようだ。

家族が寝静まった後に訪れる、家の台所と雰囲気がよく似ていた。

違うのは、近くの林からフクロウのささやかな鳴き声が聞こえてくる点だろう。

舞は飲み物を取りに厨房《ちゅうぼう》の冷蔵庫へ。

それを見張る形で紘美と亜利沙はついて行った。

冷蔵庫にはコーヒー、ジュース、ミネラルウォーター、お茶、乳酸菌飲料と揃っている。

舞は缶コーヒーを三つ取り出し、振り返った。

「危なかったんじゃない？　亜利沙、吊られるところだったじゃん」

「……」

亜利沙は答えない。ただ、差し出された缶コーヒーは受け取った。

紘美も缶コーヒーを受け取る。

それから疑問を口にした。

「ほんとに狂人なの？」

「そうだよ。だから予言者を騙ったの」

得意満面だ。

そこには、ためらいも迷いも見当たらない。

「……そうなんだ。なら、水谷が本物」

もう一度、亜利沙を見た。

彼女は目も合わせてくれない。

それどころか、ゆっくり振り返り、どこかへ行ってしまう。

舞は悲しそうな顔をしてみせた。

「……そっか。水谷に惚《ほ》れてんだ。きついよね」

「……うん。いつか襲うか、吊らないといけないから」

人狼側と敵対している水谷は、必ず殺さなければならない。

水谷が生き残るときは、紘美と亜利沙が死んだときだ。

つまり、亜利沙は絶対に水谷と結ばれない。

好きな相手と結ばれないという状況は同情に値する。それが亜利沙であってもだ。

少し切ない気持ちになったが、舞は早々と気持ちを切り替えたらしい。

微笑みながら話を進める。

「早めに襲ったほうがいいんじゃない？　できれば今夜。あたしが怪しまれるかもしれないけど、投票のときはここに三票あるから、まず大丈夫っしょ」

水谷は予言者。早めに殺したいのは山々だ。

しかし、舞が守られていなかったのだから、用心棒が守っているかもしれない。

もし今夜の襲撃に失敗したとしても残りは八人。

三票を覆すためには残り五人のうち、四人が結託しなければならない。

誰が人狼で、誰が村人なのか判別がつかない状態で、四人の結託は難しいはずだ。

今からの襲撃で水谷が殺せたなら、さらに有利だ。

いけるかもしれない。

早い段階で狂人が見つかったのはありがたい。

これで勝てるかもしれない。

紘美は舞の顔を見て頷く。

「舞が吊られる心配はない、ってことだよね」

「うん。どこ入れる？」

「……三人で固めれば、たぶん誰でも吊れる」

舞は大きく頷いた。

「そういうこと。あたしとしては、馬渡かな。てかあいつ、最悪！」
舞は両手に拳を作って振り下ろした。
興奮すると体に動作がつくようだ。
突然ガンと言う鈍く甲高い音が聞こえたと同時に彼女は奇声を上げて倒れた。
鉄のハンマーで厚めの板を叩いたかのような音だった。
なぜ、そんな音が？
倒れた舞から目を離し、正面を見ると、亜利沙がフライパンを持って立っていた。
フライパンで後頭部を叩いた？
でも、なぜ味方を？
わけがわからない。
勝ち筋を捨てると言うのか？
「え？　え？」
亜利沙の考えていること、今から自分がすべきこと、どれもわからない。
何度も何度も亜利沙と舞を交互に見た。
亜利沙は半眼で舞を見下ろしている。今にも唾を吐きかけそうな様子だ。
「こいつが本物よ。本物の予言者」
まただ。

また亜利沙の盲目的行動だ。

このまま亜利沙を放っておいていいのか？

勝ちを逃していいのか？

だが、もう取り返しはつかない。

舞が起きた後、いくら紘美と亜利沙が「冗談だよ」と諭しても、記憶に混乱がない限り彼女は納得しないだろう。

　またため息が漏れる。

「……どうするの？」

「捨てるわ」

「捨てる……？」

「玄関先にね」

　自ら手を下さず、ルール違反を応用して殺す、ということらしい。

「でも、本物の狂人の可能性は？」

　本物の狂人だった場合、味方をひとり失うのと同じだ。殺すのはあまりに惜しい。

「そんなの関係ないわ」

「どういうこと……？」

「いったん部屋を選んだらね、どっちみち襲撃先の変更はできないの。他の部屋は、ドアが開かなくなる」

「でも、殺さないって方法も……」

「人狼は深夜〇時から二時までの間に誰かひとりの部屋を訪れ、相手を殺害してください……よ」

――それが仲間の人狼であろうが。

昨日の晩、そう亜利沙は言っていた。

とにかく誰かを殺すしかない時間なのだ。例外は用心棒が襲撃先を守っていたときだけ。

つまり、舞が狂人であろうが、本物の予言者であろうが、ドアが開いた時点で殺すしかなかった。殺害しないという選択肢は、自分たちの死を意味している。

「……先に言ってよ」

狂人が見つかって勝ち筋が出てきたと期待をした自分が馬鹿らしい。

「足、持ってくれるかしら？」

言われるがままに紘美は舞の足を持ち上げた。

ぐったりした人間を運ぶのは骨が折れる。

体育教師の話によると意識のない人間は重心の位置が調節されないため、持ちにくいらしい。そのせいで重く感じるのだとか。

さらに亜利沙の持ち上げる力が弱いのか、やけに重かった。

ただ、食堂から玄関までの距離は短い。

彼女を玄関に運ぶまでに、時間はそうかからなかった。

扉を開け、反動をつけて舞を外に放り出す。

ほんの少しだけ転がった先で、舞の首輪が締まりだした。

意識があろうがなかろうが、死ぬときは同じなのか舞は痙攣し始める。

亜利沙はルールを口にした。

「建物から出た場合、命を失います」

鉤を差しこんでいないためか、棘《とげ》が首から生えることはなかったが、それでも人が死ぬ瞬間を見るのはいたたまれない。

しかも、今まで仲良く話していた相手が目の前で死んでいくのだ。

自分が外に投げ出したせいで……

鼻の奥が、じわりとうずく。

舞が抜け殻になる瞬間、紘美は思わず目を閉じてしまった。

第二章

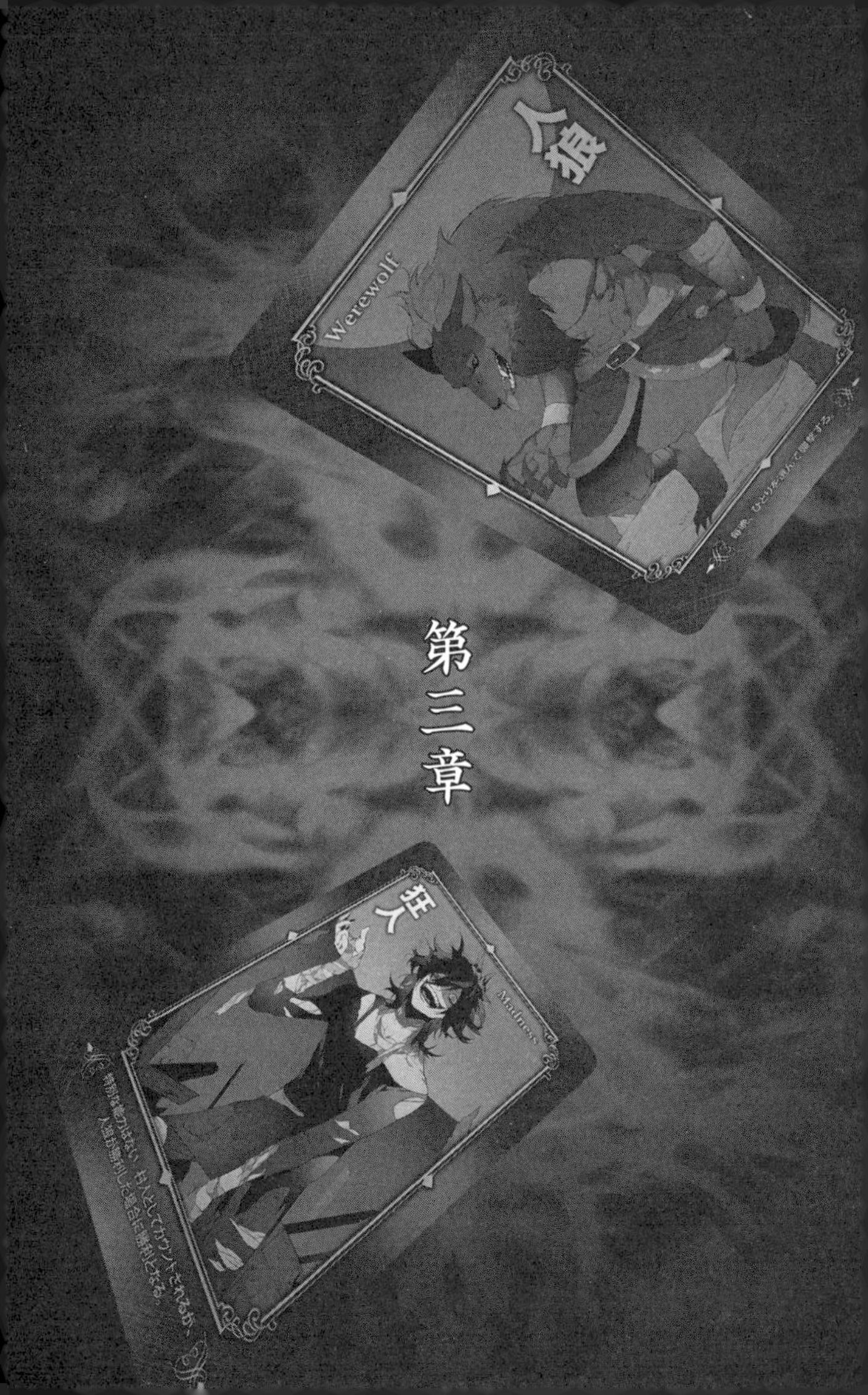
人狼
Werewolf
毎晩、ひとりえらんで襲撃する。
狂人
Madness
特別な能力はない。村人としてカウントされるが、
人狼が勝利した場合に勝利となる。

∀‡A

朝になると、建物全体に響き渡るほどの泣き声が上がった。
「舞い、舞いいいい！」
越智が四つん這《ば》いになり、玄関先の死体を見つめ続けている。
そのまま外へ出ようとすると、決まって馬渡が引きずり戻していた。
危険さえ忘れて這《は》い寄ろうとする姿を、紘美は羨ましく思う。
人が死んだことを、こんなにも悲しめるのかと。
越智は人間なのだ。
自分は違う……
人狼という悲しみを感じることのない怪物になってしまったに違いない。
今日は妙に心が静かで、現実感が乏しい。
その口で紘美は状況を整理する。

「……自称予言者の片方が死んだ。つまり彼女は人狼じゃない。ってことは、もうひとりが怪しい」

皆と同じく玄関に来ていた自称予言者の片方――水谷が反論する。

「僕は、でも、本物だよ」

それをルナが補足した。

「確かに怪しいけど、だからって人狼とは限らないですよね。人狼は本物と狂人の区別がついていなくて、狂人のほうを襲撃したのかもしれない」

水谷はルナに白出しをしている。ルナが彼を本物の予言者として擁護するのも当然だ。

ルナの論が正しい場合の答えを、利絵は口にする。

「つまり、舞が狂人?」

ルナは頷いた。

「その可能性はあると思います」

それに頷いたのは亜利沙だ。

「その女はむかつくけれど、今だけは同意するわ。言ってることは正しい」

水谷を守るための共同戦線と言ったところか。

馬渡は、それを肌で感じ取ったのか少し呆《あき》れ顔だ。

「モテモテだな……」

馬渡の視線に水谷は狼狽《ろうばい》する。
「僕は、ほんとに予言者で……」
思い出したかのように利絵は「結果は？　占いの結果」と問う。
水谷は頷くと、腕を上げて指をさした。
その先は、亜利沙だ。
人狼を引き当てられてしまった？
紘美は胸にナイフを突き立てられたような気分になった。
「……向さんは、村人側だった」
水谷は、なにを言ったのか？
亜利沙は、人狼。
それなのに白出しをした？
眉をひそめたのはルナ。
満面の笑顔になったのは亜利沙だった。
亜利沙は嬉《うれ》しそうに体を揺らしながら水谷に近づく。
「へぇ、そうなんだ。ますます信憑性《しんぴょうせい》が高まったわね」
亜利沙が近づくことを嫌ったのか、ルナは水谷の腕を引っ張っていた。
それを目にしたのは紘美だけではなかったらしい。

馬渡が苛立っている。

「おまえ、むかつくな。ハーレム作ってんのか？」

水谷は小刻みに首を横に振った。

「そんなんじゃない」

こんな状況でも男はモテる、モテないを気にするものなのか。

それよりも考えることがあるだろうと、紘美は思う。

色恋で話が複雑になるのはごめんだ。

大体、このゲームに巻きこまれたのは亜利沙、水谷、ルナの色恋沙汰が発端になっているのだし。

紘美はひとりで小さく頭振る。

自分もゲームに集中しなければ。

気を取り直して演技を始める。

「ちなみに霊媒師の結果は、また白。昨日吊《つ》られた小笠原は村人側だった」

馬渡は頷いた。

「こっちも白だ。画面で見た」

霊媒師の結果は部屋にあるテレビ画面に映し出されるらしい。

下手なことを言わないで済んだ。

焦りを顔に出さないよう努め、紘美は演技を続ける。

「まだ人狼はひとりも減ってない」

ここからは攻める。

紘美は馬渡を見た。

「……昨日は白の小笠原を、積極的に吊ろうとしてたよね？」

馬渡はバツが悪そうな顔をした。

「むかつくんだよ。つまんねえことで責めてきてよ。そりゃ吊るだろ」

ゲームのことよりも感情を優先させているようだ。

彼の中で生死を分けるのは損得ではなく、気に入るか、気に入らないか。

つまり、気分次第で人を殺すような人間なのだ。

立花みずきを襲ったというのは、ルナの依頼があったからだけではなく、やはりそういうことをしたかったのではないか？

馬渡は見た目の印象が悪いだけで、人間まではひねくれていない。舞と同じだと紘美は思ったことがある。

しかし、そうでないのなら警戒しなければ。

小笠原を殺すことに必死だった昨日の彼を思い出す。

――捕まえろ！

――引け！　引け！

――早くしろよ！

感情を優先させた上で殺すことを厭《いと》わない、人間として間違った存在。

こういう輩《やから》が、運営組織に関わる者になるのではないか？

急に馬渡に対しての憎しみが湧き出す。

「人狼、誰だよ……」

そのとき、越智がようやく立ち上がった。

「人狼、誰だよ！　死ねよ！」

憎しみだ。

越智は恋人を殺した人狼を憎んでいる。

その人狼は、自分だ……

今しがた、紘美が越智に向けた憎しみと同種の感情。

――わたし、憎まれてる……

それは、自分が馬渡やこのゲームを運営している犯人と同じ存在ということだ。

悔しい。

生きるためとは言え、なぜ自分がこんなことに。

犯人のせいだ。

亜利沙のせいだ。

水谷のせいだ。

ルナのせいだ！

憎い。

怒りで頭が沸騰しつつあった。

だが、感情を露わにすれば死ぬ気がした。

紘美はすべてを握りつぶすよう、ひそかに拳を作る。

越智の涙は止まらない。

「ちきしょう……ちきしょう……舞……」

本当に好きだったのだ。

馬渡が肩に手を置いて慰める。

「まぁ、落ち着けよ。人狼は殺す。まずは探し出さねぇとな」

「……おう、おう……うぅぅ……」

「汚ねぇから、顔洗え」

涙と鼻水でぐしゃぐしゃの顔を見かねてか、馬渡は越智を奥の洗面所へと連れて行った。

ルナはため息をついて去っていく。それに続いて水谷も利絵も亜利沙も。

紘美は舞の死体をじっと見つめ、彼女の笑顔を思い出してから、その場を後にする。

暗い気持ちで部屋に戻ると、紘美はベッドに座り自分の手を見つめ続けた。

しばらくするとドアをノックする音がする。

勝手に入ってくる気配はない。

ゆっくり立ち上がり、そっとドアを開ける。

亜利沙が嬉しそうな表情で、こちらを覗《のぞ》いた。

きっと話をしたいのだろう。

あまり相手をしたくない気分だったが、今後の行動指針の話なら聞かねばならない。

無言でドアを大きく開き、亜利沙を中に引き入れる。

亜利沙はくるりと一回りし、固いベッドの上に腰かけた。

「ほら言った通り！　やったわ！　彼はあたしのこと白って言った。占いの結果が事実と違う。ってことは、狂人なのよ！」

「……はしゃぎすぎ。さすがにバレるよ？」

「バレないわよ。白出しされたんだもの！　喜んで当然だしね！」

「……そうだけど」

あまりに警戒心がなさすぎるのもどうなのか？

亜利沙は立ち上がり、夢見る少女のような顔で続ける。

「あとは、彼が吊られないようにしないと！」

その勢いで紘美に抱きついてきた。

「紘美も吊られないでよ。ひとりになったら、勝つのに時間がかかっちゃう！」

紘美を思いやってのことではなく、あくまで勝つため。

いわば、亜利沙にとって紘美は道具も同然なのだ。

「やめて！」

紘美は亜利沙を突き放す。

気持ち悪い。

人間の皮を被った悪魔だ。

紘美の態度で亜利沙は我を取り戻したのか、はしゃぐ気配をなくした。

妖しい笑みを浮かべる。

「フフフ。そうね。あたしを警察に突き出すのが目的だものね」

紘美は黙ったままで亜利沙を睨《にら》みつける。

「まぁ、どちらにしろお互い生きて帰れる方がいいでしょ？　この後も、お願いね」

亜利沙はそう言い残すと部屋を出て行った。

アレと手を組んで、他人を殺して生き延びねばならない。

紘美は複雑な気持ちのまま、立ち竦《すく》む。

○§○

田舎の車道は狭い。

なんとか二車線あるが、道幅に余裕がないこともしばしばだ。

さらに奥地へ行くと一車線は当たり前となり、酷いところは普通車がやっと通れるほどの幅になってしまう。道が古いのだ。

ただ、すれ違う車の数も少なくなった。人が住んでいないためだろう。

おかげで移動自体は心配したよりもスムーズだ。

しかし、曲がりくねった細い道はスピードが出せない。

思った以上に時間がかかった。

山から山へ移動を繰り返すだけの作業。

考えることは減り、早くしなければという焦りだけが募る。

運転をしていれば、まだ気がまぎれるだろう。しかし、照屋は運転を自分の仕事だと思っているのか交代を頑なに拒んだ。

「もう、そこっすね」

また別の保養施設へ辿《たど》り着いたらしいが、やはり建物は見えない。

照屋がハンドルを切り、林に隠れていた細い道に入ると漆喰《しっくい》の塀に丸瓦が見えてきた。

今度は西洋の城のような建物だ。

情報によればここも閉鎖されている。

塀のすぐ傍に車を止め、名倉と照屋はさっそく調査を開始した。

敷地内に入り、まずは玄関のチェック。

汚れたガラスを通して中を覗きこむ。ここは整理さえされていない。中には机や椅子が重ねて置いてあった。

もちろん、人の気配はしない。

これだけで調査は終わったも同然だった。

照屋が重いため息をついた。

「外れっすね」

それでもなにか手がかりがあるかもしれない。

「一周して、戻りましょうか」

隅々まで見て回りたいところだが、さすがに時間が足りなくなる。

それに立ち入った形跡がないのだから、中に手がかりはないだろう。

だが、ゲームの舞台にできるかどうかを外から視察した人間はいるかもしれない。

地面、壁、設備。

急ぎながらもしっかりと観察する。

「……もう五件目っすよ」

また照屋が大きくため息をついた。

うんざりする気持ちはわからないではない。

「まだまだありますよ」

「無駄な気がしてきたっすよ……きりがない」

「他が手詰まりなんです。それに、我々〝徒労班〟の捜査はいつもこんなものではないですか」

行方不明者はふたつのカテゴリに分けられる。

命の危険が刺し迫っている特殊家出人と、そうでない一般家出人。

名倉達の部署は一般家出人を捜査するのがメインの部署で、他の部署から〝徒労班〟と呼ばれている。

捜査を進めても、家出人がすでに戻っていたり、なんの手がかりも得られずに捜査が終わったりすることが多いからだ。

それに比べれば、現状は一歩一歩、解決に近づいているだけマシだと言える。

しかし、早くしなければ生徒たちの命が危うい。

できることに限界があるのはわかっているが、もどかしい。

また照屋が大きくため息をついた。

「新しい被害者の家族、なんも知らないんすよね」

昨日、今日の出来事だ。

まさか拉致され命を賭けたゲームに無理やり参加させられているなどと、夢にも思っていないだろう。

知っていれば、警察に押しかけ捜査状況をいちいち聞いているに違いない。

「……そのようです」

あの日——姉が帰ってこなかった日。

呑気《のんき》に日常を過ごしていた自分と同じだ。

だからこそ、被害者を無事に助け出したい。

日常を、そのまま続けて欲しい。

どうか、取り戻せなくなった自分の代わりに……

∀‡A

三日目の夜。

三度目の夜七時半だ。

紘美は現実感が乏しいまま、広間にやってきた。

残っているのは七人。

紘美、ルナ、亜利沙、利絵、水谷、馬渡、越智……

黒い椅子に座る人数も、あとふたり死ねば半分になる。

紘美は利絵の隣に座った。利絵の逆隣には亜利沙がいる。

他はルナと水谷が、越智と馬渡が固まり、組を作っていた。

組と組の間には、心の距離を表すように空席が挟まれていた。

亜利沙がロープを弄《もてあそ》びながら話を切り出す。

「ねぇ。あたし、誰が人狼かわかっちゃったわ」

利絵は覗きこむ形で聞き返した。

「そうなん？」

亜利沙は解説をする。

「自称予言者の片割れが死んだわけでしょ？　で、なんで死んだのかなーって考えて、あ、そうか、人狼が狂人を特定したんだ、って気づいたのよ」

眉をひそめたのはルナだ。

「どういうこと?」

チッと舌打ちしながらも亜利沙は続ける。

「自称予言者のひとりが間違った占い結果を口にした。それで人狼はあーこいつが狂人だなって思って、もう一方の自称予言者を襲撃した。そういう流れよ」

紘美は首を傾げる。

確かに水谷は亜利沙に白出しをした。

だから水谷が狂人だとわかった。

しかし、それは襲撃後の話だ。

舞が本物だと特定できるタイミングではない。

一方でルナは理解を示したらしい。

「待って。それ……」

亜利沙は口角を引き上げる。

「で、この流れに当てはまるパターンってのは……」

笑っていない目はルナをとらえた。

「あんたが人狼のときだけ。つまり水谷くんは狂人」

確かに水谷はルナに白出しをした。前日のことだ。

確かにルナを人狼と仮定した場合、ルナの中で水谷が狂人だと判明する。

だからこそ、舞が本物だと断定でき、襲撃した……

紘美は考える。

なにか、少しだけ引っかかる。

亜利沙は続けた。

「あんたは彼が自分に白出ししてくれたんで、ああ狂人なんだ、仲間なんだって気づいて、迷わず本物の予言者を噛《か》んだ。つまり舞を」

水谷は当然、否定する。

「違う。僕は狂人じゃない！　ほんとに！」

亜利沙は優しい表情でゆっくりと首を横に振る。

「もういいのよ。あたしはわかってるわ。ごめんね？」

馬渡が頭をかいて唸《うな》った。

「今回は、そいつ吊る流れか？」

時計を見る。七時四〇分を回ったところだ。

「あんま時間もねぇし、もう投票するか？」

ルナは当然、反発した。

「待ってください！　そんないい加減な推理で決められたくないです！　もちろん亜利沙が正しい可能性もあるけど、水谷くんが本物の予言者、本当のことだけを言ってる、という可能性も同じだけあります。というか、そうなの！」

亜利沙は腕を組んで首を傾げた。

「そうかしらねぇ？」

吊られまいと、ルナは自己弁護を続ける。

「人狼はまだひとりも死んでません。なのに、ここにはもう七人しかいない。一日にふたりずつ減るということは、用心棒が護衛に成功しないかぎりは、投票の回数はあと三回。それで勝敗が決まるんです！」

それだ、と紘美は思う。

引っかかっていたのは用心棒の存在を忘れていたことだ。

なぜ用心棒は舞を守らなかったのか？

守っているとしたら水谷か霊媒師を守っていたということか？

しかし、霊媒師よりも予言者の方が重要では？

それに、先に予言者だと言い出したのは舞だ。舞を守っていてもおかしくない。

そう考えると昨日の襲撃は賭けもいいところだ。背筋が冷える。

亜利沙は『用心棒は舞を守らない』と確信していたのか？

だから舞を襲う行動に出た？

いや、まったく心当たりがない。自分が用心棒だったなら舞を守っていたに違いない。

それとも、用心棒にはなにか別の思惑がある？

紘美が必死で考えている傍らで、ルナは状況の整理をする。

「人狼ふたり、狂人ひとりを吊ろうと思ったら、村人側はもう一回も失敗できないんです。そんな状況で、私に投票していいの？」

自分が村人ならルナを吊るのは分の悪い賭けのように思える。

利絵も同じように思ったらしい。首を傾げてルナに聞く。

「なら、誰を吊ったらいいと思うん？」

ルナは紘美を見た。

「……紘美には悪いけど。今、自称霊媒師がふたりいて、どちらかひとりは人狼か狂人なんだから。私は、このふたりから選びたいです」

まずい。

紘美は思わず生唾を飲みこむ。

同時に馬渡が声を荒立てた。

「紘美には悪いけど、じゃねぇよ。俺にも悪いだろうが！　却下だよ却下」

馬渡のその態度がチャンスだと紘美は感じた。

紘美は全員に話しかける。

「今の提案に乗るんだとしたら、わたしは馬渡を吊ってほしい。少なくともわたしは、みずきに乱暴したりしてない」

皆が一斉に思うはずだ。

馬渡は『悪』だと。

小笠原を殺したときに馬渡が率先して動いたことも思い出すはずだ。

馬渡は命を脅かす敵だと、思いこむはずだ。

彼自身も立場が悪くなったと感じたらしい。

「それ出すなよ。してねえって言ってんだろうが⁉」

亜利沙は笑う。

「アハハハ！　あんまり時間ないのよね？　なら、もう投票する？」

馬渡は脅しなのか、足を大きく踏み鳴らした。

「しねえよ！」

反論の時間は与えない。

馬渡は死んで然るべき人間なのだ。

暴力的な態度を取った今なら確実にいける。

紘美は大声でカウントダウンを始めた。

「三、二、一！」

その声につられ、面々が一斉に腕を上げた。

馬渡も焦ったせいか、同じように腕を上げ、紘美を指さした。
広間は静寂に包まれる。
投票の結果は、数えるまでもない。

紘美に一票——馬渡から。
馬渡に六票——馬渡以外の全員から。

「糞《くそ》が……糞が！　糞が！」
馬渡が席を立ち、ドアの方へ逃げ出す。
紘美はありったけの脚力で床を蹴り、馬渡を追いかけた。
馬渡がドアを開ける。
紘美はその一瞬の隙をつき距離を詰め、馬渡の服を掴《つか》む。
馬渡は振り返った。
——観念しなさい。
そう思った瞬間、なぜか視界が揺れた。
なにが起こった？
温かい液体が鼻から流れ出てくる。

一方で頬には冷たく固いものが当たっていた。
「紘美！　紘美！」
誰かが自分を呼んでいる。
この声は……ルナだ。
ルナ？
――あれ？
今、自分はなにをしていたのか？
ひょっとすると、この冷たく固い感触は、床？
鼻から出ているのは、血ではないのか？
でもなぜ？
鼻をぶつけた？
なにに？
馬渡を追いかけていた途中だったはずだ。
だとすれば……馬渡に殴られた？
紘美の意識が覚醒する。
身を起こし、周囲を見渡した。
横で馬渡が苦しそうにもがいている。

「抵抗したから……」
そう呟《つぶや》いたのは水谷だった。
馬渡が抵抗した？
生き残ろうと必死に？
だめだ。
馬渡が生き残ると、自分が死んでしまう。
早く殺さなければ。
早く、早く！
紘美は無意識のうちに近くの椅子を持ち出していた。
殴打するが、これでは殺せないと感じる。
紘美は椅子の細い足を、痙攣《けいれん》する馬渡の顔面に向けて落とした。
偶然とは言え、眼窩《がんか》にピタリとはまる。
だが、まだ死なない。
これではとどめにならない。
もっと確実に殺さなければ。
自分が死んでしまう。
誰かが背中を押した気がした。

紘美はゆっくり、椅子に体重をかけていく。
椅子の足は、着実にじわりじわりと沈んでいく。
粘土でも潰しているかのような感覚。
そのうち、なにかが潰れる感触が椅子を通して伝わってくる。
ちょうどのタイミングで馬渡の体は激しく痙攣し、動きを止めた。
演技かもしれない。
絶対に助からないようにしなければ。
馬渡のことだ。平気でこちらを騙《だま》してくるに違いない。
何度か体を揺らし、徹底的に椅子を押し付ける。
それでも馬渡は動かない。
ようやく終わった。
殺した。
殺してやった。
これで、生き残れるのだ。
背中を押してくれた人と喜びを分かち合おうとして振り返るが、近くには誰もいない。
目を背けている利絵と水谷。
最後まで見届けていたらしい亜利沙とルナ。

呆然《ぼうぜん》としている越智。
誰ひとり、近くにはいなかった。
自分の足元には目から椅子を生やした死体。
段々と頭が冷静になってくる。
自分の手で人を殺した？
投票の結果とはいえ……直接、自分の手で？
共同作業でもなく。
純粋に殺人を犯した？
耳鳴りが始まった。
目の前がチカチカと輝き、平衡感覚がおかしくなる。
一体、自分はなんだ？
どうなってしまったのだ？
突然、腹の中が熱くなった。
煮えたぎった鉛でも飲まされたかのようだ。
紘美は頼りない足取りで急いで洗面所へ駆けこみ、鉛を吐き出そうとする。
口の中が苦味と酸味の効いた臭いで満たされた。
喉がざらつき、嗚咽《おえつ》が止まらない。

最悪だ。

汚らしい。

今まで死んだ者たちは皆、汚されていった。

それに比べて馬渡は汚い死に方ではない。

その分の汚れ役を自分が引き受けたみたいではないか。

ますます腹が煮えたぎる。

何度も何度もえずき、何度も何度も熱い鉛のような液体を吐き出した。

落ち着いた頃、顔を上げると鏡に自分の顔が映る。

酷い。

髑髏《どくろ》のような顔をしている。

後ろには亜利沙が立っていた。

いつの間に来たのだろうか?

「気にしなくていいわよ。あいつ本当にクズだったから。みずきに乱暴したっていうのも本当。だから選んだの」

選んだ……

亜利沙は選んだ。

このゲームに招待する生贄《いけにえ》を。

だとすれば……

聞きたいことができた。

しかし、喋《しゃべ》るにも口の中が酷い状況だ。

口に水を含み、うがいをする。

喉の奥まで洗いたいと、天を仰いだが、また吐瀉《としゃ》して台無しになった。

亜利沙はいつの間にかいなくなっていた。

紘美の気分が落ち着いたのは、しばらく経った後だった。

自分の部屋には戻らず、亜利沙の部屋へ向かった。

ノックもせずにドアを開ける。

亜利沙は椅子に座っていた。

振り向くが言葉はない。

紘美はさっそく疑問をぶつける。

「さっきの、だから馬渡を選んだって話」

「うん？」

「辻のときも言ってたよね。彼は水谷につきまとってた、自己満足と偽善の典型だって。

舞のこともクズだって。水谷のメッセージを拡散したから」

「それが?」

「みんな理由があるの? 理由があって選んだの? 単なる数あわせじゃなくて」

亜利沙は一瞬、間を置いた。視線を逸らす。

「……なくはないんじゃない?」

やはり、あるのだ。

単なる数合わせではない。

亜利沙の中に基準があり、それに引っかかった人物が選ばれている。

「なら、わたしは? 最初の夜に、わたしも偽善者だって言った。そりゃゲームが始まってからはそうだったかもしれない。でも、これに、参加させられた理由は別だよね? わたし、なんか悪いことした?」

亜利沙は立ち上がるとベッドに座り直す。

「こないだ言ったわよね。紘美は優等生だって。水谷くんの件では感動したって。ひとりで関係者をみんな突きとめて、しかも先生に言いつけたりとかじゃなくて、ちゃんとあいつらが自分から謝るように説得した」

それが癪《しゃく》に障《さわ》ったのかと思ったが、違うのか?

亜利沙は祈るように指を組んだ。それを見つめながら話を続ける。

「あんなの普通はできないわよ。あれ以外でも、普段から曲がったことは許さない。まあいっか、で流したりしない。いつも正しかった」

「……なら、なんで？」

「あたしとは真逆だった。悪い大人と付き合って、悪いことに関わって、でもなんとなく抜けられないような人間とはぜんぜん違う。憧れてたのよ。でも、勘違いだった」

やはり、褒められただけでは終わらない。

「……なんかしたんだ。わたしがなんかやらかした。なら教えてよ。謝るから。反省もするから。だからって抜けられないのはわかってるけど。それでも、知っておきたい」

なにが亜利沙に引っかかったのか。

なにがそこまで『悪』だと判断されたのか。

紘美は言葉を待った。

亜利沙はちらりとだけ、こちらを見た。

「掃除当番」

一瞬、なにを言ったのかわからなかった。

あまりにも想定外の単語が聞こえてきたからだ。

念のため、聞き返す。

「……え？」

亜利沙は再び視線を逸らした。

「利絵が掃除をサボって帰ろうとして、それを紘美が見つけた。でも『こんど奢《おご》るから』って言われて、紘美は見逃したわ」

さらになにか続くのかと待ったが、それ以上はなかった。

思わず紘美は「え……それだけ？」と言ってしまう。

亜利沙は鬼の首でもとったかのように勢いづいた。

「ほらその反応よ！　それだけ、で済むことじゃないの。紘美はあたしを裏切ったの。あたしの世界を！」

大げさな言い回しだ。

そう思うが、本人はいたって真剣なのだろう。

亜利沙は続ける。

「……やっぱりくだらない奴しかいないんだって思ったわ。最初はあの女だけのつもりだったよ？　でも考えを変えたの。価値のない人間はみんなこれに送りこもうって。自分も含めて」

自分も含めて……

つまり、亜利沙はすべてに絶望したため、このゲームへの参加を決意したのか？

その絶望を与えたのが、自分だと言うのか？

「わたしのせい？　わたしが利絵に掃除をさせてたら、みんなも、わたしも、ここにいなかったの？」

「そんな理由なん？」

突然の声に紘美も亜利沙も廊下の方を見る。

そこには利絵が呆然と立っていた。

ドアを開けて喋っていたのだから、聞かれても不思議ではない。

「わたし、掃除サボったせいで死ぬん？」

今の利絵の気持ちが、紘美には痛いほどわかった。

自分の些細《ささい》な行動のせいで、人が死んでいる。

自分の命も危うい。

理不尽だ。

けれど、もう巻きこまれたからにはどうしようもない。

なにか言うべきだと思ったが、なにも言葉は出てこない。

こんなとき、どんな言葉をかけてもらいたいか、自分でもわからないのだ。

だが、亜利沙の近くにいたくないことだけは、確かだ。

紘美は部屋の外へ出る。亜利沙に視線を送りながらドアを閉めると、涙目になっている利絵の手を引いて、彼女の部屋まで送った。

励まし合う気にもなれず、一〇時も迫っていたため、紘美も自分の部屋へ戻った。
椅子に座って亜利沙の話を思い出す。
――紘美はあたしを裏切ったの。あたしの世界を！
そんなつもりはなかった。
まさか、このゲームの原因が自分だったとは。
いつも正しく生きたいと願ってきた。
それを実践してきたつもりでもある。
なのに、少しの気の緩みが、こんな事態を招いた。
自分は、ほんの些細なミスによって世界を悪くしたということ。
クラスメイトが死ぬような状況を生み出すことに一役買ったということ。
自分は生きている価値がないのか？
生き抜いて犯人に復讐《ふくしゅう》をするという決意も、無性に馬鹿らしく思えてきた。
ちょうど手元にはナイフがある。
潔く、それこそ武士のように割腹して死ねば、少しは綺麗《きれい》に死ねるだろうか？
責任を取って、みんなのために……
みんなの……
いまさら？

十一人も犠牲にしておいて？
それで許されるとでも？
待て。
そもそも亜利沙が自分に過剰な期待をしていたのが悪いのではないか？
いや、期待をさせる自分にも非があるのは確かだ。
正しい人間でありたい、手本みたいになりたいと思っていたのだから。
なら、なにが悪い？
利絵がサボると言い出したからか？
あの日のことを思い出す。
利絵は友達との付き合いがあるため、帰りたがっていた。
掃除をサボることは悪いことだが、どうしても友達を優先したい日もあるだろう。
そう思って利絵の分まで掃除をやってあげようと考えた。
別に対価を期待していたわけではない。
ただ、たまには利絵と利絵の友達の役に立ちたかった。
だからサボることを見逃したのだ。
紘美からすれば、気を利かせたつもりだった。
それを亜利沙は見て、紘美の裏切りだと思った？

知ったことではない。

期待される側は、自分の範疇《はんちゅう》で頑張るしかないのだ。

他人が頭の中で思い描く勝手な想像から逸脱してがっかりさせたとしても、しょうがないことではないか。

自分は他人の期待を叶《かな》えるための機械ではない。

亜利沙は勝手に期待して、勝手に絶望して、勝手に皆を巻きこんだ。

亜利沙の方がおかしい。

自分は、悪くない。

今回のゲームは、人狼側が協力すれば全員で生き残れた可能性があった。

それをふいにしたのも亜利沙の勝手な行動だ。

これ以上、彼女の暴走を許してはならない気がした。

時計を見ると、知らぬ間に一〇時どころか、〇時を回っていた。

深夜、人狼の時間。

紘美はナイフを手に廊下へ出る。

足音を殺し、静かに談話スペースへ向かった。

亜利沙は先にきていた。

ソファーに座り、無防備に背中を向けている。

こちらには気づいていない。
殺せる。
ナイフを振り上げ、背中に突き刺せば、命を絶てる。
亜利沙を殺せば、今からでも皆と協力できるかもしれない。
事の発端から、この結末までのすべてを告白すれば、きっと理解してくれる。
そして投票を打ち合わせ処刑を失くし、夜の襲撃も用心棒でやり過ごす。
そのうちきっと、警察が辿りついてくれる。
絶対に助かる。
亜利沙を殺せば。
すべて解決するのだ。
――人狼がひとりになるのに？
振り上げた手がピタリと止まった。
……用心棒が生きている保証もない。
もし、用心棒が生きていなかったら、殺されるのは誰だ？
どうすれば一番、被害が出ない？
当然、紘美が死ねばいい。
それは、嫌だ。

十一人を犠牲にして生き残ってきた。

亜利沙を殺せば十二人。

それなのに殺されるのか?

馬鹿らしい。

それなら、人を殺す前に死んでおけばよかったのだ。

皆の無念を晴らすために一番良いのは犯人を捕まえ、運営組織を潰すこと。

ここで亜利沙を殺すだけではダメなのだ。

「無理じゃん……」

亜利沙は紘美の呟きに反応し、振り返った。

紘美は殺意を誤魔化すためにも続ける。

「……そりゃ正しくありたいとは思ってるけど。二十四時間、三百六十五日、完璧でいるなんて不可能じゃん。そんなの求めないでよ」

亜利沙は鼻で笑った。

「もう求めてないわよ。紘美は凡人。わかっているわ」

紘美は大きくため息をつき、亜利沙を睨んだ。

「凡人だから、開き直るよ。自分のために、他人だって殺すよ」

そうして最後まで生き残って、必ずやり遂げて見せる。

それが、紘美に残された数少ない正しさ。

「そりゃそうよ。次は自分でやる？　――ってのは嘘《うそ》。やらせてあげないわ」

やらせてあげない？

どういうことか？

眉をひそめる紘美に対して、亜利沙は薄い笑みを浮かべる。

「残り六人。さすがにもういいわよね。あの女を殺しても」

「……ルナ」

「まだ反対する？　あの腹黒女、幼なじみかなんかだよね？」

ルナには悪いが、もう決めたことだ。

誰が死のうと、必ず生き残って見せる。

「しない」

「いい返事ね。じゃあさっそく向かいましょうか」

亜利沙は口角を上げつつも、鋭い目つきのまま歩きだす。

ルナの部屋へ辿りつくのも時間の問題だ。

――さようならルナ。必ず償いはさせるから。

一歩、一歩。

彼女の部屋へと近づく。

そしていよいよ、その時がきた。
亜利沙はゆっくりとドアノブに手をかける。
その瞬間、亜利沙の顔から笑みが消えた。
眉をひそめ、もう一度ドアノブを回そうとする。
だが、動いていない。
ドアが、開かない。
壊れている?
そんな偶然が?
もし、そうでないのだとしたら、可能性はたったひとつ。
紘美は思わず呟いた。
「用心棒……」
亜利沙は信じられないようで、しばらくドアの前で呆然としていた。

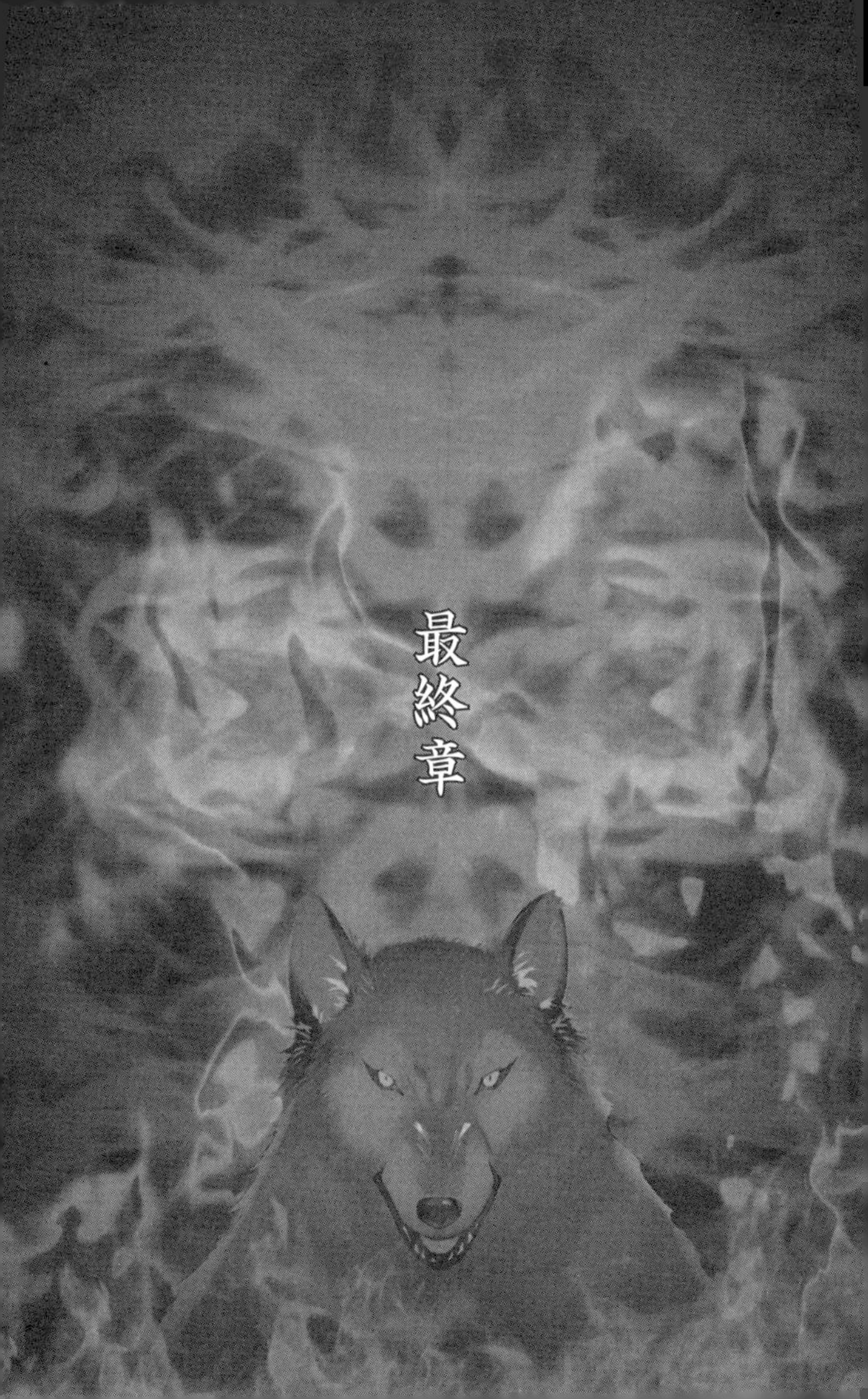
最終章

∀‡A

殺すと決意した夜が明け、朝がやってきた。
カーテンの隙間から侵入する朝日の光が目に飛びこむ。
紘美は手で目を隠しながら体を起こすと髪の毛をかきあげた。
昨晩は誰も死んでいない。
以前はそれが嬉《うれ》しかった。
だが、今は虚無だ。
心が砕け散ったのか、なにも感じない。
破片を集めてみると、二度寝をしたいという気持ちが見つかった。
それも悪くない。だが、呑気《のんき》に寝ていると不利になるかもしれない。
知らないところで話を進められたくない。
重い体を起こし、紘美は廊下へ出る。

ちょうど他の人も廊下へ出てくるところだった。さすがに四日目となると、この時間に起きるのが習慣となったのだろう。

利絵、ルナ、水谷、越智、そして亜利沙。

馬渡を処刑してからのメンバーと同じ。

利絵は確認するように呟《つぶや》いた。

「みんなおる……」

紘美はにこやかに、できるだけ喜びをこめた。

「用心棒が守ったんだ。用心棒、まだ生きてる！」

ルナが紘美を見た。

「霊媒の結果は？」

「馬渡？　黒に決まってる」

それに冷たく当たってきたのは亜利沙だった。

「ま、あなたはそう言うわよね。相手、対抗の霊媒だもの」

続けてルナは水谷を見る。

「予言者は？」

水谷は偽物だ。

それは、はっきりしている。

だが、ここで下手なことを言われるのが一番、困る。
水谷に視線が集まった。
そして、彼の口が動いた。
「僕……告白する。僕は、予言者じゃない」
なにを言い出した？
思わず亜利沙を見る。
彼女は驚いていた。
続けて紘美はルナを見るが、彼女も驚いている。
いや、全員が驚いている。
まさかここで狂人とでも言うのか？
利絵も動揺しながら「え、なんで？」と聞いていた。
そうだ。ここで偽物だと言う必要性はどこにあるのだ？
越智が殺気のこもった眼で水谷を睨《にら》んだ。
「人狼かよ」
一番に喜んでいるのは亜利沙だ。
顔に笑顔が溢《あふ》れている。
それは人狼だと悟られる行為だと本人はわかっているのだろうか？

「やっぱり狂人なのね。もう告白しちゃう?」

紘美は心臓の鼓動を感じながら成り行きを見守る。

水谷は首を横に振った。

「……どっちでもない。僕は、用心棒を引いた」

本当に、なにを言い出すのだ。

亜利沙の表情が凍りついていた。

紘美も思わず顔を引きつらせる。

水谷は続けた。

「ずっと浅見さんを守ってた。昨日も守って、護衛に成功した。それって彼女が人狼に狙われたってことでしょ?　つまり、浅見さんは絶対に人狼じゃない。もちろん僕も違うすべて、ルナのため。

水谷の一挙手一投足は、ルナを生かすための行動。

彼の行動を目の当たりにして、亜利沙は体を震わせていた。

その震えの元となった感情は憎しみなのか、悲しみなのか、怒りなのか……

答えはわからない。

どちらにしろ亜利沙のことなど、どうでもいい。

勝手に死ぬようなことがなければ、勝手に震えて、勝手に絶望すればいい。

紘美は話を整理し始める。

「みんなを騙《だま》したってこと？　村人側なのに」

水谷は潔く頷《うなず》く。

「ごめん。でも、結果的にうまくいったのかもしれない。僕は偽予言者。だから、宮下さんは、本物だったんだと思う」

まずいと思いながらも、紘美は舞の予言を思い出す。

「舞が白出ししたのって……越智だ」

その瞬間、越智の目から大粒の涙がこぼれた。

「舞……舞……やっぱ本物だったんだ。あいつ、俺は白だって。最初に、投票されねえように……あ、ぐ……なんで……舞ぃ……」

越智は膝から崩れ落ちる。

余裕があれば越智の悲しみになにかを感じていただろう。

しかし、今はそれどころではない。

越智が吊《つ》る対象から完全にはずれてしまう。

となれば……

紘美の頭の中で答えが固まるより早く、ルナが淡々と話をまとめ上げた。

「水谷くんは用心棒。私は人狼に襲撃されました。越智くんは本物の予言者に白出しされています。つまり人狼かもしれないのは、その三人」

ルナの視線の先には紘美、亜利沙、利絵。

なんの反論もできず、紘美はただ、立ち尽くすしかなかった。

○§○

深い闇の中、甲高い音が目覚ましとなった。

きっとスマホのアラームだ。止めようと辺りをまさぐる。

しかし、こんな音のアラームをセットした覚えはない。

ゆっくりと目を開き、辺りを見回す。

見覚えのあるファイルがいくつか並べられている。他には警察六法にパソコン、固定電話……生活安全部にある、自分の机だ。

名倉は目をこすりながら体を起こす。

そうだ。昨日は現場が見つからぬまま帰署し、自分の机でまた眠ったのだ。

スマホは鳴っていない。

甲高い音は耳鳴りだった。

段々と頭の痛みが強くなる。脳への血流が滞っているのだろう。

肩こりか、それとも体の水分が少ないのか。

しかし、そんなことに構っていられない。

捜査を進めなければ、助けられる者も助けられない。

名倉はこめかみを抑えながら立ち上がると班長の元へ行き、向かうべき保養施設のリストを受け取った。

さっそく名倉は照屋を起こし、共に外へ向かう。

捜査車両へ乗りこむと、途中の自動販売機で買った温かい缶コーヒーを照屋に渡す。

「今日は多いですよ。合計六ヵ所。可能なら七ヵ所」

結局、昨日は五ヵ所回るのが精一杯だった。

やはり谷をまたぐのは厳しい。想定よりも時間がかかった。

トンネルがあればと何度思ったことか。

街へ繋《つな》がるトンネルは作れても、谷と谷を繋ぐようなトンネルは必要がないため、設けられないのだろう。

今回のルートは昨日よりも西にあり、谷が深い。

照屋は車を走らせながら大きなため息をついた。

「……例え当たりでも、無駄かもしれないっすよ」

「どういう意味です？」

「映像でも見たでしょう。人狼は一日にふたりずつ死ぬゲームっす。あの映像の通りなら、勝敗が決まった時点で、負けた側は皆殺しにされる」

「そのようです」

「いつ始まったかにもよりますが。最初の一〇人は絶望的っすよ。次の七人についても、消えてから四日経ってる。もう終わってても不思議じゃない……」

「もう、誰も生きていない、ということですか」

「覚悟しといたほうがいいな、とは思いますね……」

考えないわけではなかった。

それでも無事を信じて進まなければ。

そうでなければ、心まで弱り体が動かなくなってしまう。

一刻も早く見つけ出したい。

彼らを、彼女たちを日常に戻すのだ。

それができないのなら、自分は一体なんのために警察官になったのか。

ダメだ。

いまさら自問自答など時間の無駄だ。

捜査に集中もできなくなる。

照屋には悪いと思ったが、名倉は少しの間、目を瞑《つむ》って心を休めることにした。

∀‡A

夕日が厚い雲を真っ赤に染め上げていた。

その中には紫色、桃色、黄金に青。そしてほんの少しの夜の色が混じっている。

この世とは思えない、美しい光景だ。なかなか見られるものではない。

「あああああああああああぁぁぁぁぁ！　あああああぁぁぁぁぁ!!」

そんな空が見渡せる屋上で亜利沙は汚く叫んでいた。

むき出しになっている配管やエアコンの室外機を、薔薇《ばら》があしらわれた可愛らしいローファーで蹴り続けている。

暴れるきっかけとなったのは水谷の告白。

彼と亜利沙の敵対関係がはっきりしたことだ。

よくこの時間まで我慢したともいえる。

しかし、こんなに感情を露わにして……馬鹿を通り越してもはや滑稽《こっけい》だ。

自分から人狼だと言いふらしているようにさえ見える。

屋上だったのは、せめてもの理性が働いた証か。

しかし、誰かが屋上へくれば見られることには変わりない。

少しは止める努力をしよう。

「そんなに暴れてると、バレちゃうよ」

「ああああああああぁぁぁっっ！　ああっっ！　ああああぁぁぁぁぁぁあっっ！」

叫び声はより強くなる。

話を聞かないようでは、止めようもない。

気のすむまで屋上の扉を抑えておくのが正解か？

とりあえず、もう一度だけ紘美は語りかける。

「あきらめなよ。彼、勝ち負けもそっちのけで、ひたすらルナを守ってた。たしかにピュアだけど。度を超してる」

逆にいえば、その純粋さを亜利沙は慕っている。

彼が純粋さを失えば、亜利沙は水谷を失ったも同然ということだ。

しかし、どちらにしろ……

「亜利沙は、彼とは結ばれない。気持ちの上でもそうだし、陣営も別だし。生き残れるのは片方だけ。彼か、亜利沙か。どっちもは無理」

「ならあたしが死ぬ！　今こっから飛び降りるわ！」

急に反応があり、紘美は少しだけ驚いた。

一応、聞いているらしい。

しかし、また勝手なことを言っている。

「亜利沙が言ったんだよ？　死んだら意味ない」

「彼がいない世界なんて、もっと意味ない！」

「そんなことない」

「そうだ。最初に言ってたやつ……誰も死なないようにして、ゲームを長引かせるの。それで救出を待つの。ねえ！　誰か来て！　来て！」

屋上の縁で、亜利沙は救援を請い始める。

あまりの馬鹿さ加減にため息しかでない。

「できるならやりたいけど、もう無理だよ。これだけ死んだんだし。みんな、終わりが近いって知ってる。自分で言ったんでしょ？　誰だって、勝てるなら勝つって」

「彼はそんなことしない！」

もの凄い形相で睨まれるが、まったく恐怖を感じない。

むしろ哀れみを覚える。

「彼にとって亜利沙は、大事な人を苦しめる悪い奴なの。ルナと一緒に勝つためなら、亜利沙のことは、喜んで犠牲にする」

それが亜利沙の望んだ純潔。

亜利沙が大事にしたかった世界。

けれど、世界は亜利沙を拒んだのだ。

因果応報。

結局、亜利沙は犯した過ちの報いを受けている。

惨めで滑稽な死神。

大切な世界を守るためにたくさんの花を摘んでいたのに、その花こそが世界を守るために必要だったのだ。

しかし、簡単な話だ。

死神は死しか扱えない。

優しく触れようとも、力の限り握り締めようとも、どちらにしろ殺してしまう。

——もう、なにもかも遅い。あんたは触れちゃいけないものに触れたんだ。一生、後悔し続けろ。

紘美はそう思いながら亜利沙を置いて部屋に戻る。

○§○

とても美しい夕焼けだった。

青かった空は薄紅色を滲《にじ》ませて燃えるような黄金色を山の稜線《りょうせん》に添えている。

この差し迫った状況でも、美しい光景は心を慰めてくれた。

しかし、雲の陰りは暗い穴のようだ。

じきにそこから夜が溢れ、すべてを塗り替えてしまうに違いない。

また、今日もダメだった。

すでに六ヵ所の保養施設を訪れた。どれも外れで、手掛かりもなし。

残る今日の候補はあとひとつ。

ただ、向かうには少し遠い。

どうせこれも外れだろう。

明日で構わない気もする。

「どうするっすか？　もう戻ります？」

照屋が山道の交差点で車を止めた。

もう一ヵ所、行くのなら左のルート。

帰署するのなら右のルートだ。

左は新月の夜かと思うほど暗い。

右は街に続いているせいか、明るい気がする。
不思議な感覚だった。
嫌なことが起きる日は耳が遠い。
耳が通る日は、事件解決に向かう。
そんなジンクスが自分の中にある。
誰にも話したことはない。
縁起は担ぐが、オカルトを信じているわけではないのだ。
しかし、もしジンクスが当たっていたら？
次の場所が、人狼ゲームの舞台だったなら？
ここで引き返したことを一生涯、悔いて過ごすことになるだろう。
「どうします。やっぱ今日は戻るっすか？」
照屋はそう言いながらハンドルを右に切った。
音が遠ざかる。
なぜだろう。
水の中に入ったような……なにかが耳を塞いだかのような感覚。
「……すいません。戻る前に、もう一ヵ所だけ、いいですか？」
「うっす。名倉さんがそういうなら徹夜でもなんでも」

照屋が左にハンドルを切り直す。

音が、戻ったような気がする。

この先に解決する糸口がある？

これは、帰ってこなかった姉の導きなのか。

それとも経験と知識が生み出す勘というものなのか？

どちらにしろ、当たっているという確証はない。

だが、後悔を残さないためには行くべきだ。

次の建物の写真を見る。

赤レンガの塀に守衛所。

特徴的なものはあまりなく、どこかの公民館か図書館だと言われれば信じるようなシンプルな保養施設だ。

「お願いします」

照屋はアクセルを踏み、車を進める。

エンジンに呼応するかのように名倉の心臓は鼓動を早くした。

∀‡A

日は沈み、夜の帳《とばり》が降りる。
まさに暗幕をかけられたかのように、広間の外は暗かった。
対照的に部屋は白い。ただ、錆《さび》のような黒茶けた色がところどころに広がっている。
小笠原と馬渡の血だ。
今夜も誰かが死に、床を血で濡《ぬ》らす。
きっと鮮明な赤で、差し色となってくれるだろう。
ただし、それは自分の血の可能性もある。
何度体験しても、人の死ぬ夜は恐ろしい。
円形にならんだ黒い椅子。
座る人数は六人。
ルナ、水谷、越智が並んで座り、残る三人が席をひとつずつ空けて座った。
全員が着席したのを確認した紘美は、前のめりの姿勢で持論を展開した。
「……思ったんだけど。水谷が本物の用心棒とは限らないよね？」
さっそくルナが反発する。
「でも、昨日は実際に護衛が成功してる。この中に、必ず用心棒はいるはず」
想定内の答えだ。

紘美は反論を続ける。

「そうだけど、本物はあえてだまってるのかもしれない。だってそうでしょ？　用心棒が誰かわかったら、人狼はそこを襲撃しにいくじゃん。そこだけは絶対に守られてないんだから。用心棒は自分を守れない」

利絵は紘美の言いたいことがわかったようだ。

「そうや。むしろ人狼が用心棒を騙《かた》って、本物を見つけようとしてるんかも」

水谷は当然、首を横に振った。

「その心配はないよ。僕の浅見さんへの想いは、ここにいる全員が知ってる。もちろん人狼も。役職でもなんでもない浅見さんが守られていたんだから、僕が告白しようとしまいと、人狼は気づいていたはずだから。僕が用心棒だってことに」

その言い草はまるで亜利沙が犯人だと言いたげだ。

だが、逆もありえる。

亜利沙を犯人と仕立てるためには、ルナを狙えばいいと。

水谷の中でも亜利沙は黒に近い灰色なのだろう。

利絵は水谷の意図をくみ取った。

「だから告白したんや」

「うん。それと、これは願望が混じってると思うけど……野々山さんが霊媒師だっていうの、僕は信じる」

内心、飛び上がりたいほど嬉しくなった。

「ありがと」

だが笑わない。真剣な顔つきで頷くのみ。

お礼も半分は馬渡に向かってだ。

彼が霊媒師だったからこそ、紘美は信じてもらえた。

きっと水谷は学校生活を思い出したに違いない。

校則違反ばかりする馬渡と、少し口うるさくも感じられただろうが、いつも正直だった紘美。

どちらが信じられるか天秤《てんびん》に掛け、紘美を信じた。

もし、霊媒師が馬渡でなく、ルナや利絵だったなら、成立しなかったかもしれない。

水谷は続けて自分なりの推測を語る。

「馬渡は人狼だったんだよね。なら、人狼はあとひとり。そのひとりを吊ったら、村人側は勝てる」

彼の中ではそうなっている。

だからこそ……

「最後の人狼。亜利沙か利絵だ」

紘美の一言に亜利沙は首を横に振る。

「あたしじゃないわ」

当然、利絵も否定した。

「私もちゃうし……紘美が偽物、ゆうこともあるやん」

そういう意見も上がるだろう。

けれど、やることは同じだ。

「わたしは本物だよ」

誰も譲らない。

誰も死にたくないからだ。

ただ、このままでは亜利沙と利絵、どちらが吊られるのか判断できない。

亜利沙のことは憎い。

だが、彼女が生きていなければ勝ちは遠のいてしまう。だからこそ亜利沙が吊られないように支援したいが、難しい状況だ。

「みんな聞いて」

そう言い出したのは利絵だった。

「昨日の夜、亜利沙が紘美に言うてた。みんなが連れてこられたのは紘美のせいやって。紘美が亜利沙をがっかりさせたから、それで亜利沙はやけっぱちになって、わたしたちを参加させたって！」

紘美が馬渡を追い詰めたやり方。

相手の悪事をばらし、印象を悪くする方法。

しかし、紘美は開き直っていたため余裕があった。

「それがなに？」

怯《ひる》まないことに利絵は少し動揺したようだ。一度、視線を泳がせるが、すぐに紘美を睨み直した。

「ほんとはルナだけの予定やったって。ぜんぶ亜利沙と紘美のせいやんか。入れるならこのふたり！」

紘美は思いつくままに反論する。

「関係ない。ほんとに悪いのは犯人でしょ？」

紘美は監視カメラを指さした。

「あの向こうで見てる奴ら。わたしは理不尽な理由で巻きこまれて、責任まで負わされて、でも必死で生き残ろうとしてる。それが、なんでいけないの⁉」

利絵は反論を持っていないのか、黙って口元を震わせるだけだった。

そのとき、亜利沙が「三！」と叫んだ。

紘美はいきなりのことに驚く。

だが、亜利沙が仕掛けたのだ。このタイミングなら亜利沙ではなく、利絵が吊られると考えたに違いない。

続けて「――二」。

全員が反応し、立ち上がると腕を構える。

「――一！」

そして一斉に指をさした。

投票先はふたり。

亜利沙に二票――ルナ、利絵から。
利絵に四票――紘美、亜利沙、越智、水谷から。

亜利沙と利絵、どちらが吊られてもおかしくなかった。

だが利絵が紘美に敵意を向けたからこそ、こんな結果が生まれたのだろう。

利絵が最後に紘美ではなく亜利沙に票を入れたのは、彼女に票が集まり、自分の処刑を免れるかもしれないと考えたに違いない。悪あがきだ。

ともかく、結果は覆らない。

利絵は泣きながら、崩れ落ちる。

紘美は利絵に近づくと問いかけた。

「どうするの？　自分で死ぬか、逃げ出して死ぬか、抵抗して死ぬか」

「悪魔や……悪魔やんか……」

その通りだ。

もう、人間ではない。

人間の命を食べて生きる、人狼だ。

水谷も利絵に寄る。

「……ごめんね」

そう言いながら、水谷は利絵を立たせようとした。

ルナを救いたいがために、殺そうとしている。

自分が殺す命と、真正面から向き合っているのだ。

意外に決断力がある。

水谷は優しいだけの人間ではない。

信念があるおかげで、覚悟を決められる人間なのだろう。

利絵は水谷に連れられ、頼りない足取りで中央へ来る。

ルナが用意した椅子と、越智が天井のフックに引っ掛けたロープを前に、再び大粒の涙を流した。

「嫌やぁあぁぁ……死にたないぃ……」

けれど決まったことだ。

誰も彼女に救いの手を差し伸べたりはしない。

「いい加減にしろよ！　この人狼野郎が！」

越智が叫び、利絵の首輪に鉤《かぎ》をはめた。ロープを引っ張ると利絵は慌てて足場を探し、椅子の上につま先立ちで乗る。

首を吊る前に過呼吸で倒れてしまいそうだ。

何度も何度もしゃくりあげながら、椅子の上でよろめいた。

「ほ、ほんま、ほんまちゃうのに……」

越智の持つロープを紘美も手にした。ルナも続く。

利絵の足元では水谷が深呼吸をしていた。

彼は時計を見ると、再び椅子を見つめ、やがて目を閉じた。

椅子の縁に足をかけ、ぐっと強く蹴る。

利絵は支えを失くし、ロープを通して彼女の重みが紘美の腕に伝わってきた。

首輪が彼女の皮膚に食いこむ。

利絵はウシガエルの鳴き声を短くしたような音を出した。

続いて痰《たん》を吐き出すような音を立てたかと思えば、彼女の口から血が溢れ出た。

やはり、容赦なく首輪の仕掛けは作動するらしい。

彼らは見ている。

利絵が苦しみ悶《もだ》え、絶命していく瞬間を。

命を弄《もてあそ》んでいる。

やがて利絵は大きな痙攣《けいれん》をし、動かなくなった。

今までと同じように失禁して汚らしく死んでいる。

もう割り切ったはずなのに、なぜか紘美の目には涙が浮かんでいた。

○§○

夜は深くなり、森の闇をいっそう濃くする。

このまま闇に呑《の》まれて抜け出せないのではないか？

そう思うほど最後の一軒はとにかく時間がかかった。

夜の山道が想定以上に暗く危険で、車の速度が出せなかったことと、不幸が重なり二ヵ所も迂回《うかい》が必要だったためだ。

迂回の理由は先日の雨で土砂崩れが起きていたのと、古い道の封鎖がカーナビのデータに反映されていなかったせいだ。
いつでも最新情報、最新装備というわけにはいかない。
そんなことをしていれば予算がいくらあっても足りないのだ。
それはわかっているが、今日ほどそのことを恨んだ日はない。
現に見つけたのだ。
誰もいないはずの山の中で、明かりを灯す建物を。
答えはひとつ。
あそこが舞台なのだ。
「急いで！」
照屋がアクセルを踏みこむ。
名倉は走り出したい気持ちを抑え、現場への到着を待った。

∀‡A

ぼんやりとした光が照らす廊下で、紘美と亜利沙は向かい合った。
最後の狩りだ。

これで、すべてが終わる。

「残り五人。今夜の襲撃に成功したら、わたしたちの勝ちが確定する。でも用心棒が護衛に成功したら、明日は必ずどっちかが吊られる」

すでに亜利沙は紘美の言いたいことがわかっているのだろう。

無表情で首を横に振る。

「やだ」

短い否定の言葉。

どうせ亜利沙は理解しているだろうが、紘美は説明を進める。

「明後日には残りのひとりが吊られて、人狼側が負ける」

「やだ」

「それを防ぐためには、絶対にそれをさせないためには、用心棒を殺すしかない。用心棒は自分を守れないから」

「やだ！　やだ！　やだ！」

「やだじゃない」

「うるさい！」

いよいよ亜利沙が紘美を摑《つか》みにかかった。

小さな手で、紘美の首を絞めながら壁に押しつけてくる。

「彼を殺させたりしない。あたしは紘美を殺す。今ここで殺す！」
ふざけるな。
ふざけるな！
ここまでさせたのは、一体誰だ。
こんなゲームに巻きこんだのは、一体誰だ！
亜利沙の力では、紘美の意識をすぐに落とせなかった。
だから紘美は右手に持っているナイフで簡単に反撃できた。
憎しみをこめ、紘美はナイフを振りかざす。
思い切り柄尻で亜利沙の小さな頭を殴りつけた。
小動物が威嚇で短く鳴くような声を上げる亜利沙。
殺しはしない。殺せば勝ちを逃してしまう。
しかし、彼女にも信念があるのだろう。
なかなか手を離さない。
紘美は何度もナイフで殴りつける。
「あああああぁぁぁ、絶対、絶対、殺させないぃぃぃぃぃぃぃぃ！」
叫び、目を剝き、口を開き、ありったけの力で抵抗してくる亜利沙。
だが、わかっていないのだ。

彼女の頭は紘美よりもひとつ分、低い。

手を上げながら押しつける格好では、体重がかからないのだ。

紘美は冷静ながら、力と怒りをこめて柄尻を振り下ろす。しかし、頭蓋を割らないよう、少しだけ手加減をした。

やがて亜利沙は力が入らなくなったのか、ずるずると崩れ落ちた。

解放された紘美は思わずむせてしまう。

首をさすりながら、動かなくなった亜利沙を紘美は見下ろした。

一応、生きていることを確認するため、首の頸動脈《けいどうみゃく》に触れる。

大丈夫だ。動いている。気絶しただけだ。

「次に目が覚めたら、日常に戻ってる。そのときは、覚悟してて」

向かう先はひとつ。

水谷の部屋だ。

長い、ゲームだった。

それも、これで完全に終わる。

次は犯人を探し出し、運営組織を潰す。

必ず。

必ずだ。

しかし、それだけで本当にいいのだろうか？

こんなことをする犯人とは、一体どんな相手なのだろう？

もしかしたら、ひとつの運営組織を壊滅させても、同じような人間が同じようなゲームをしかける可能性もある。

それではいつまで経っても、この地獄を終わらせられない。

そういう人間が、この世からすべていなくなればいいのだが……

どうすれば見分けられるのか？

どうやれば『悪意』は生み出されないのか？

いや、今は考えないでおこう。

目の前のことに集中しなければ。

ドアノブに手をかける。

ゆっくり開き、中の水谷を確認した。

視線がぶつかる。

「……君なんだ？」

裏切られた。

そういう表情をしている。

せっかく信じたのにと言いたげだ。

「ごめん」
謝りの言葉をかけると同時、紘美は部屋へ飛びこむ。
水谷は反射的に逃げ出した。奥の窓にすがりつく。
そのまま逃げても死ぬのだが、ここまで来たのだ。
水谷の命も背負う。
背負えば、一緒に犯人へ復讐《ふくしゅう》できる。
それ以上のことは、もう、考えたくない。
紘美は水谷の服を摑み、背後から脇腹辺りを刺した。
水谷は低い声を漏らす。
紘美の手に伝わってくるのは柔らかい肉と固い骨の感触。
骨が邪魔をして、上手く奥まで刺さらない。
これでは致命傷にいたらないのでは?
ふと紘美の頭に意識が戻ってくる。
妙に冷静で、どこか夢のようだった。
ともかく、殺さなければ生きられない。
早く、水谷を殺さなければ。
ナイフを引き抜き、別の場所を刺す。

今度は、甲高い声で呻《うめ》いた。
現実感を失った意識の中で紘美は友達のことを思い出す。
——あぁ、水谷が死んだら、ルナも死ぬんだな。
きっと越智も一緒だ。
ひとりでないなら、寂しくないに違いない。
逆に、残される自分はひとりになるのだろうと、悲しくなった。
ともかく、今は殺さなければ。
力を失い床に倒れた水谷は、陸に打ち上げられた鯉《こい》のように口を開閉している。
殺すのが下手だから苦しませているのだ。
もっと、練習をしておけばよかった。
どこが確実なのだろう?
ふと脳裡《のうり》に今まで死んでいったクラスメイトの姿が浮ぶ。
——そうか、首がいいんだ。
そこが一番確実だからこそ、首輪を仕掛けられるのだ。
紘美は水谷の髪を摑み、頭を持ち上げる。
さらされた細い首に、紘美はそっと刃を添えた。

○§○

赤レンガの塀、守衛所のある門をくぐると、照屋はエンジンをつけたままで車を止めた。

名倉は急いで降りてヘッドライトに照らされる建物を確かめる。

間違いない。情報にあった使われていない保養施設だ。

しかし、中に明かりがついている。

使われていない、封鎖されている施設のはずなのに。

これで、事件は解決する。

だが、凄まじい耳鳴りがした。

まるで近づくなと言わんばかりの音。

今頃なぜ?

しかし引き返すことはできない。

「え、あ……な、名倉さん!」

照屋が玄関先に急ぐ。

「おい! おい!」

誰かを抱きかかえ、照屋は必死に呼びかけ揺すった。

名倉は持っていたライトで顔を照らす。

記憶が確かならば、それは宮下舞だ。

真っ青な顔。飛び出しかかった目。首元には鉄製の首輪。その首輪の周囲に見られる小さなかさぶたは間違いなく索条痕《さくじょうこん》だ。

装着されている首輪によって縊死《いし》したに違いない。

照屋が揺するごとに首は動いている。

顎から下の死後硬直が溶けかかっている状態だろう。

ということは、死んで三〇時間から四〇時間ほど経過しているに違いない。

もう遅いのか？

間に合わなかったのか？

「ここ、お願いします」

「ちょっと！」

照屋の制止も聞かず、名倉はライトをその場に置いて玄関のガラス扉に飛びついた。

簡単に開き、狼狽《ろうばい》してしまう。

これでは簡単に逃げ出せるのでは？

いや、首輪のせいだ。外に出ると、あれが締まって殺されるのだ。

だから出られない。

しかし、見張りがいないとも言えない。

携帯していた拳銃を懐から抜き出す。

建物の中は薄暗い程度。

拳銃を構えながら、慎重に進んだ。

人の気配を感じない。

少し進むと広間に通じる両開きの扉が目に入った。

手で少しだけ触り、動くことを確認すると、背中で押し開けて中へ突入すると同時、拳銃を正面に向ける。

白い部屋……

そこには黒い椅子が一〇脚と背の高いラックに乗ったブラウン管テレビがあった。血の痕も床に広がっている。

名倉は思わずむせかえる。

強烈な血の匂い。

ここで殺しが行われた？

あの映像で見た、投票の殺しか？

では、どこかに死体が残っているのか？

広間を確認するが、なにもない。

一階の他のどこかか、それとも二階か。

さっそく、向かおうとした矢先、妙に懐かしいブンという音がした。

振り返ると、テレビがついている。

なぜ点灯した？

首を傾げていると、青い画面に白い文字が表示された。

目を凝らし、名倉はその文字を読み上げる。

「人狼側と村人側の人数が同じになりました。人狼側の勝利です……勝利した側には賞金一億円をお支払いします……？」

背筋が冷える。

まさか。

まさか、ゲームが終わったというのか？

つまり、それは……

急いで名倉は広間を出た。

一階を駆けまわるが、人影はない。

急いで二階へ続く階段へ。登りきると、すぐに誰かがいた。

うずくまっている。

小柄だが、油断はできない。

銃を構える。
「止まって！」
しかし、動きを止めない。
その挙動は……まるですすり泣いているようだ。
銃を降ろし、ゆっくり近づく。
女の子だ。
顔を覗《のぞ》きこむと、知っている人物だった。
「向、亜利沙さん？」
しゃくりあげながらも、彼女は顔をあげてくれた。
頭から血を流しているものの、命に別状はなさそうだ。
「他の子は？　犯人はどこです⁉」
だが、答えてはくれない。
ひきつけが余計に酷くなり、彼女は再びうずくまってしまう。
現状ではどうしようもない。
彼女をそのままにして、名倉は廊下の様子を見た。
奥に一ヵ所だけ、ドアの空いている部屋がある。
再び銃を構え、近づく。

途中の部屋で甲高いモーター音と男の呻き声のようなものが聞こえる。
気になったが、今はその先の部屋だ。
ゆっくり、音を立てずに近づき、出入口の脇で中を一瞥《いちべつ》する。
誰かが立っていた。
犯人か?
名倉は息を整えると、リズムよく部屋の中へ銃を向け「手を上げて!」と言い放った。
中の人物は、ゆっくりと振り返る。
血だらけの女子高校生。
右手にはナイフを。
左手にはなにか毛の生えた大きなものを持っている。
頭だ。
髪の毛を掴み、人の頭を持ち上げているのだ。
首は繋がっているが、明らかに喉を掻《か》き切られている。
彼女は素直に手を上げた。
ナイフと頭を手放し、心の底から嬉しそうに笑った。

あとがき

どうも、小説版『人狼ゲーム　LOST EDEN　上・下』、『INFERNO』の執筆を担当いたしました安道やすみちでございます。初めての方は初めまして。そうでない方はお久しぶりでございます。いつもありがとうございます！

今作は川上亮先生のプロットと脚本が最初にあり、それを元に僕が小説版を執筆したものになります。

本来『原作：川上亮』『ノベライズ：安道やすみち』となるべきところを、共著として頂いたのは同先生のご厚意によるものです。この場を借りてお礼を申し上げたいと思います。

あとがきでは今回の企画がどんなものだったのかを、少しご紹介したいと思います。

まず、脚本と小説が〝どんな媒体なのか〟についてお話させていただければ。

脚本は主に『簡単な舞台の説明』、『セリフ』と『セリフを担当する人物名』それに『簡単な演技、演出などを記したト書き』で構成されています。

それを元に演出家や、監督、役者さんがキャラクターと物語に対する解釈を積み重ね、実際の演技、映像として表現していきます。

つまり脚本は映像、舞台などの完成形へ向かうための道標と言えるでしょう。

一方で小説は、それのみで完成形となります。

脚本と大きく違うのは、簡単に説明されていた舞台を情景描写として詳細に描くことと、人物の心理描写を地の文で行う点です。

脚本も小説も文字だけの表現媒体なのですが、情報量がかなり違うのです。

少し極端に言ってしまうと脚本に心理描写と具体的な情景描写を加えれば、小説になるということです。

もちろん、気を付けるべき箇所は他にもいくつかあるのですが、ここでは省かせてください。

ともかく、頂いた脚本に心理描写と情景描写を付け加えていくことが、僕の最大の仕事でした。

つまり、映像版と小説版を比べると……

映像は川上先生の脚本を元に、監督、演出家、役者の解釈が織りこまれた物語。

小説は川上先生の脚本を元に、僕の解釈が織りこまれた物語。

と、言えます。

当然、川上先生と打ち合わせをして先生から「ここはこうして欲しい」という部分もありましたが、基本的に書きたいように書かせていただきました。

ですので、僕は映像版を見たとき「そういう切り口かー！」「そう構成し直したのかー！」と感心ばかりしていました。

本当、結末を知っているのにハラハラドキドキする仕上がりでございます。

もし、『ＬＯＳＴ ＥＤＥＮ』、『ＩＮＦＥＲＮＯ』の小説を読んだけれど映像を見ていないという方は、ぜひ合わせてご覧いただければと思います。

逆に映像だけ見たというお知り合いがいらっしゃったなら、こちらの小説も勧めていただけると嬉しいです（揉み手）。

また、もし川上亮先生による今までの人狼ゲームシリーズを読まれたことのない方がいらっしゃったなら、ぜひ手に取ってみてください。

人狼ゲームのヴァリエーションはもちろん、様々なキャラクター、意外な展開が川上先生独自のセンスによって惜しみなく展開されています。

よりソリッドでハードな文章の読み心地も、ぜひ堪能していただければ。

なんだか他作品のことばかり書いていますが、拙著について書くのは中々に気恥ずかしいので、ご勘弁くださいませ。

最後に謝辞を。

川上亮先生、ご迷惑を多々おかけいたしましたが、本当にありがとうございました。これからもどうぞよろしくお願いいたします。

いろいろ取り持ってくださったT様。T様にもご迷惑をおかけいたしました。お心遣い痛み入ります。

美麗なイラストを上げてくださった犬倉すみ様。いつもいつもありがとうございます。

またぜひタッグを組ませていただけたら嬉しいです！

そして拙著を読んでくださった皆様。本当にありがとうございます。

何かしら感じていただけたなら幸いです。


それでは、遊びの人狼ゲームはもっと参加したいけれど、殺し合いの人狼ゲームには絶対参加したくない安道やすみちでした。またどこかで！

〝心の中で握手を〟　安道やすみち

Werewolf Game

Werewolf

Villager

Madness

Medium

人狼ゲーム
LOST EDEN
高校生10人による
死の〈バトル・ロイヤル〉
の幕が上がる
テレビドラマ化!

一回戦
絶賛発売中!

人狼ゲーム